L'ILLUSTRISSIMO

ALBERTO CANTONI

Texte et illustration de couverture : © domaine public
Edition : Culturea (Hérault, 34)
Contact : infos@culturea.fr
Retrouvez notre catalogue sur http://culturea.fr
Imprimé en Allemagne par Books on Demand
Design typographique : Derek Murphy
Layout : Reedsy (https://reedsy.com/)

Dépôt légal : janvier 2023

ISBN : 9791041841530

L'ILLUSTRISSIMO

PROLOGO.
I.

Come era bello (una buona ventina d'anni fa) quel ricchissimo conte Galeazzo di Belgirate! Alto, con un torace da titano ribelle, con le mani bianchissime, con gli occhi azzurri e malinconici, pareva nato apposta per farsi voler bene e dalle brune che pregiano gli uomini gentili, e dalle bionde che rintracciano i forti. Ma due brutte cose gli impedivano di far valere quella sua gentilezza e quella sua forza, così ben secondate dal cuore onesto e dalla mente sottile: era pigro ed era fantastico. Mai che un amor vero e profondo, che una fervida e provata amicizia avessero rotto la pace di quella sua anima tranquilla e disutile. Generoso senza avvedersene, finiva sempre per far più e meglio degli altri quando la fortuna, troppo gentile, lo pigliava per il vestito e gliene porgeva l'occasione; ma che egli si fosse mai dato cura di correrle incontro o almeno di porsene in traccia, oh questo poi no!

— Che farò quest'oggi? – si chiedeva ogni mattina nell'escir di letto. – Un bel cavallo da comperare, un elegante libricciuolo da leggere, l'onomastico di una donna gentile, un veglione alla Scala, un pic-nic a S. Maurizio, tutte insomma le cose di questo genere bastavano a far sì che la risposta gli escisse più gaja e più frettolosa dal petto.

Ambizione? Non ne parliamo. I suoi amici gli avevano detto più volte che si ponesse un po' avanti e che il Comune, pel primo, non avrebbe domandato di meglio che di inscriverlo subito fra i suoi rettori.

— No, carissimi, – soleva rispondere. – Non ho nessun bisogno di buscarmi dell'asino o del furfante. Voglio fumare i miei sigari in santa pace.

Fumare! Ecco il simbolo della sua vita, ecco la più grande delle sue piccole passioni! Fumare, e fumar bene! Guardare in su, e seguire voluttuosamente cogli occhi le spire azzurre che gli estivano di bocca; fumare per destarsi bene il mattino, fumare per addormentarsi meglio la sera, fumare per vivere!

Ma non si vive a questo modo trent'anni, con qualche cosa in petto che somigli ad un cuore, senza che un giorno o l'altro non v'assalga il tedio e il fastidio di tutto, se non del fumo. E così appunto era andata anche a lui. Una sua zia (l'unica stretta parente che avesse al mondo) gli aveva fatto capire quattro anni prima che gli avrebbe dato assai volontieri la sua figliuola, e Galeazzo aveva capito, ma bisognava decidersi, ecco l'intoppo! Diceva tra sè e sè:

— Come si fa a prender moglie quando si è abituati a farne senza? Fossi vedovo sarebbe un'altra cosa. La moglie è una specie di pensione per la vecchiaja che si suole pagare in gioventù; ma io non sono niente affatto sicuro di campare vecchio, ecc. ecc.

La zia pazientò per un pajo di mesi, ma intanto, oimè, un nobile amico d'oltremonti pensò di raccomandare al conte di Belgirate una di quelle relative prime donne assolute che vengono a Milano, come al dock musicale di tutto il mondo, per cercarvi quando un fiasco, quando un marito, quando una scrittura.

Costei non aveva voce e non sapeva cantare, ma era bella, bella come un occhio di sole! Galeazzo, occupandosene per due mesi da mattina a sera, riuscì ad infliggerla ai meschini uditori di molti concerti, ma intanto sua zia perdette la pazienza, ed egli, come unico rappresentante della nobile casata, dovette fare da testimonio alle nozze di Maria da Breno.

Questa contessa Maria, spiritino ardente che valeva un Perù, avrebbe di certo sposato più volontieri il suo bel cugino dai capelli crespi e castani, ma il più non esclude il meno, ed essa era egualmente entrata nella sua nuova casa, portando seco le migliori intenzioni del mondo. Se non che le buone intenzioni parecchie volte non bastano, e talora, quando marito e moglie vogliono entrambi arar diritto, ci s'immischia la mala fortuna e guasta ogni cosa. Il matrimonio di Maria fu tra gli infelicissimi di tutti. In un tempo relativamente breve le morirono la madre ed il marito stesso: ottimo giovine, il quale, prima di prender moglie, aveva voluto fare come fan tutti, senza avere la gran salute da spendere che hanno parecchi altri.

Trenta mesi di matrimonio passati così al capezzale di due care persone, avevano influito a lor modo sull'animo di Maria. Era stanca, molto stanca di soffrire e di vivere a quella maniera, come Galeazzo era stanco di riposare senza aver mai lavorato. Se non che la stanchezza di Maria, come giustissima, e non punto naturale, e dovuta ad una infelice reazione dell'animo troppo offeso dal destino, rischiava più assai di cadere in uno dei precipizi che rasentano tutte le stanchezze dello spirito: l'egoismo da una parte, la stravaganza dall'altra.

Maria era rimasta buona, ma le sue arcuate sopracciglia nere (una delle quali si spingeva un pochino più in su dell'altra verso i capelli) rivelavano subito che un filo di stramberia le era già entrato nel capo; solamente per accertarsene con più sicuro criterio avreste dovuto leggerle tutti i pensieri in fronte; poichè, squisitamente educata come era, non dava certo verun segno di quella sua lieve e ben celata malattia dello spirito.

La giovine vedova, per non rimanere troppo sola nella sua bellissima casa, aveva preso a vivere con sè una decaduta parente del suo povero marito. Costei si chiamava Donna Stella, ed aveva un debole che andava d'accordo col suo bel nome: quello di volere sempre chiarire le più limpide cose del mondo, e Maria, tutta assorta apparentemente a sentirle dire perchè le maschere si vendano di carnevale, o qualche altra cosa non meno peregrina di questa, vagava di fatto in un lontano e mesto orizzonte, e si chiedeva da mattina a sera perchè mai il fascino della giovinezza avesse dovuto dileguare così presto per lei. Con un bambino in collo sarebbe stata un'altra cosa, ma niente, nient'altro che Donna Stella ai fianchi! Via, era poco, a ventiquattr'anni.

Galeazzo se ne persuase il primo, ed appena Milano si tornò a ripopolare verso l'inverno, cominciò subito ad apparirle in casa la sera, conducendole seco alcuni fidi e numerati amici. Era dunque un'ora del più gajo teatro del mondo che quei generosi ponevano così sull'altare della amicizia, ma almeno, pensavano essi, Maria aveva trovato delle persone che sapevano parlarle affettuosamente del suo povero Piero, senza dirle, come Donna Stella, che se fosse campato sarebbe stato meglio per lui e per lei.

Galeazzo era buono, s'è già detto; la sua bellissima cugina gli era piaciuta sempre, s'è già lasciato capire; non è dunque a meravigliare se egli principiò a farsi vedere anche di giorno, e se poi, tanto per rimanere un pochino più, domandò timidamente il permesso di dar fuoco alla più odorosa e pura delle sue dolcissime spagnolette.

I due giovani non andavano punto d'accordo nelle massime e nel modo di pensare, è vero, ma erano giovani e si davano legalmente del tu. Le spagnolette crebbero presto di numero, e l'intero ed ultimo mese di lutto volse a buon fine senza che l'ombra del povero morto fosse mai evocata dal vivo; solamente Maria si faceva muta e mesta ogni qual tratto, e la sua mano carezzava lievemente il nero medaglione che le pendea dal collo.

Un amore così muto, così placido, così gentile, era precisamente quel che ci voleva per Galeazzo, ed egli, a lasciarlo fare, sarebbe andato avanti così fino al giorno del giudizio; ma Donna Stella principiava a capire e, peggio ancora, principiava a spiegare; ma i comuni amici si pigliavano il gusto di sottolineare l'aspro nome del simpatico gentiluomo, e come due non bastassero, lo arricchivano spietatamente di una zeta di più.

Maria se ne avvide, e principiò a dire che sola al mondo non ci poteva più stare, e che le conveniva giuocoforza di pensare al poi.

— Che peccato! S'andava avanti così bene a questa maniera! – rispondeva Galeazzo.

Maria fu per perdere la pazienza come sua madre; finchè un giorno, per provarle tutte, fissò gli occhi sul suo piccolo telajo, e disse adagio e pianissimo:

— Se tu avessi avuto un pochino più di spirito, quattr'anni fa, nè tu nè io non si sarebbe in questo bello stato.

— È vero, – rispose egli, – ma ora, grazie a Dio, non mi ritrovo più con nessuna prima donna sulla coscienza, e ne potrei avere.

— Di che?

— Dello spirito.

— Abbilo dunque nel nome di Donna Stella! – sclamò l'altra, arrossendo lievemente, e come assorta a guardare l'ago che teneva in mano. – Altrimenti dovrei pregarti di confessare ai nostri amici che ti sei guastato meco, e che ti devi astenere dal venirmi a trovare.

— Siamo già così innanzi da doverci imporre questa alternativa?

— Per gli altri sì! – rispose Maria più rossa che mai.

— Allora tanto vale che ci s'imponga subito anche per noi, – concluse Galeazzo, pigliando carezzevolmente la mano di sua cugina, e facendo atto di avvicinarsela alla bocca.

— Adagio. Prima ci dobbiamo intendere. Ho molte cose da dire e però desidero di raccogliermi e di pensarci bene. Ti prego di tornare domani.

II.

— Il mio Piero, poverino, è morto di mal sottile, – principiò Maria nel giorno seguente, – e la tua anima, cugino, si ritrova afflitta dello stesso male!

— La mia! Se non sono mai stato di miglior umore, da un anno in qua!

— Ora può darsi perchè... Ma se tu prendessi moglie, che cosa faresti coll'avanzar degli anni?

— Oh bella, quello che ho sempre fatto. Mi divertirei... più regolarmente di prima.

— Non basta.

— Ebbene, mi hanno offerto giusto jeri il collegio di... non mi ricordo più di dove. Debbo accettare? In mezzo agli altri ci posso stare anch'io.

— Sì, davvero. Sei onesto, sei intelligente, e s'è fatto con meno. Ma appunto per questo io voglio più da te.

— Maria, tu mi cominci a spaventare.

— Voglio vedere se ti ritrovi, per amor mio, bastante forza morale per unire insieme lo spirito avventuroso dei tempi passati con quello, più liberale, dei tempi nuovi. Voglio importi, non già una missione perchè sarebbe ridicolo, ma una piccola cura, un modo qualsiasi di procurare a te medesimo una operosa e piacevole soddisfazione morale. Dimmi un po': hai qualche amico sindaco di campagna?

— Sì, ne ho uno che regge Abbiategrasso da Milano.

— È pedante?

— A parole sì, a fatti meno.

— Allora pigliati quel calamaino, e cercati subito l'anagramma, e bello.

— L'ho già trovato, sei anni fa, per firmare il manifesto del Carnevalone: Lazzaro degli Abeti. Non è bello, ma di carnevale poteva passare.

— Ebbene, e tu te ne maschererai: assumerai questo nome come se fosse quello di un pover'uomo, e ti provvederai, mediante l'amico tuo, di un regolare certificato di buona condotta.

— Ho capito. Vuoi mandarmi in esplorazione in qualche officina. Allora bisognerà pensare anche alla biancheria, altrimenti Galeazzo il piccolo rischierebbe di essere conosciuto alla camicia come Pietro il Grande. E poi?

— Poi calzerai un pajo di scarponi sul noto figurino di Biella, e te li trascinerai dietro ogni giorno in quattro buone ore di passeggiata mattutina. Molto mattutina.

— E poi?

— Poi darai fuori la voce che ti prepari ad un viaggio d'istruzione, e che non sai nemmeno tu quando potrai tornare. Ogni luogo lontano è buono, purchè ci accordiamo, tu ed io, a non dirne che uno. Ti conviene il Capo di Buona Speranza,

— Perchè no?

— E sia. Finalmente farai appendere due buone corde ad un'ottima trave di casa tua, e ti addestrerai le braccia tirandoti su e giù fin che ti reggono i polsi. Allorchè le palme delle mani si saranno bene indurite, vorrà dire che potremo parlare del rimanente. Ora basta.

Galeazzo escì dopo dieci minuti e disse fra sè:

— Una piccola cura morale che ha bisogno di un così lungo e faticoso noviziato fisico!? Quasi quasi mi verrebbe voglia di prendere il largo, e di girare il Capo davvero. È un po' strambettina, Maria, così che non pare.

Non pareva punto, teniamo a ripeterlo. Aveva una vocina che più sottile e più grata sarebbe stato difficile imaginare, e le sue non erano parole, erano carezze, erano musica soavissima. Ogni più piccolo atto della sua persona aggiungeva, per così dire, alla sua grazia ed alla sua compostezza, e bastava prescindere da quelle sue beate sopracciglia nere, un pochino giù di squadra, perchè la espressione del suo viso non rendesse mai la menoma disarmonia tra le forze dell'intelletto e quelle del cuore.

Galeazzo era troppo gentiluomo per tentar di carpirle, prima del tempo, la più piccola parte del segreto, ed egli compariva nei giorni seguenti alla medesima ora di prima, forzandosi di sostenere, come il solito, una sua vecchia riputazione: quella di saper parlare alle signore, tenendo fermi i discorsi alla fine e delicata e arguta intonazione che piace alle migliori di esse. Ma un po' per le gambe affaticate, un po' per le braccia indolenzite, gli conveniva di mutar posizione ogni momento, e di mostrare così che si trovava a disagio sulla sua poltrona. Maria lo teneva d'occhio senza che egli se ne avvedesse, ma egualmente durava a tacere. Non era donna da impiecosìrsi per così poco.

Finalmente dopo due settimane il giovine si tolse un guanto, e posando l'indice della mano vestita sulla palma di quella nuda, le tese entrambe a Maria, e disse:

— Senti qua. Mi pare che non ci sia male.

— È vero, - rispose Maria sorridendo. – E a che ora hai passeggiato?

— Sono sempre escito di casa molto prima che spuntasse il sole.

— Troppo zelo. Perchè così presto?

— Per non farmi vedere con quelle scarpe.

— Benissimo. Riposa questa notte e rimani a letto fin che ti pare. Non voglio prenderti per sorpresa, e men che meno giovarmi della tua stanchezza. A domani. E porta con te la medaglia che ti hanno dato a Custoza.

— Per farne che? – pensò il giovane sbarrando gli occhi.

Qui il lettore domanderà a sè medesimo come un uomo pari a Galeazzo avesse potuto beccarsi una medaglia al valor militare. È presto detto: l'aveva meritata. Una volta che era in ballo, ballava meglio degli altri, e la gran baraonda del sessantasei, trascinandolo seco nella sua ruina, lo aveva condotto a mostrare che gran differenza ci possa essere dall'uomo in pace ed il soldato in guerra. Eppure la buona idea di darsi tutto alle armi, così opportune all'altezza della sua nascita, non gli era poi venuta nemmeno in sogno, e l'allettante miraggio della sua vita passata lo aveva tosto ricondotto agli ozi, agli agi, alle veglie di prima.

III.

Un po' la voluttà della stanchezza, così gradevole ai giovani vigorosi, un po' il piacere di contentar Maria, il fatto è che Galeazzo aveva passato così lietamente gli ultimi quindici giorni, da venire adagio adagio alla più gran decisione per lui possibile: di lasciare cioè che decidesse lei.

Fu però esatto al convegno, e subito Donna Stella, traendo di tasca un giornale:

6

— Io ho qui il Corriere di jeri, e se non mi metto alla finestra, non ci vedo. Oh quelle due benedette oftalmie che ho avuto da giovane!

La buona donna non aveva lo spirito aperto agli ingegnosi ripieghi, e per colorire il suo quotidiano e discreto disegno di tirarsi da parte, non aveva mai saputo trovare nulla di meglio del suddetto Corriere, e delle suddette oftalmie. Ma che importa la uniformità di mezzi quando si tende al nobilissimo fine di levar l'incomodo?

Donna Stella non era ancora a posto che già Maria principiava sommessamente a dir questo:

— Tu sai, cugino, che io posso dire di non aver vissuto in campagna che una volta sola, e fu quando Piero si mise in capo di dimorare sei mesi nella mia terra del Mantovano. I nostri soliti villini del Lario e della Brianza non si possono dire campagne: sono piuttosto tante piccole bomboniere, piene di fiori e piene di etichetta, dove, per non perdere l'abitudine, si mutano i vestiti due volte il giorno. Vivendo adunque, per la prima e per l'unica volta, in un mondo assai diverso dal nostro, ho visto molte cose che ora non voglio ripetere perchè le vedrai anche tu...

— Questo significa, se non sbaglio, che tu mi mandi in campagna.

— Sì, certo. E in quella appunto che tu possiedi ad otto o dieci miglia dalla mia. Ci siamo spinti una volta fino alle tue adiacenze, ed abbiamo domandato di te. Ci risposero ad una voce che da quando t'hanno dato a bàlia, non t'han più visto. E ciò mi conviene di molto.

— Perchè?

Te lo dirò dopo. Ora debbo raccontarti che Piero ed io leggevamo una mattina in fondo al prato, quando ci apparve innanzi un ignoto e simpatico vecchietto. Chiede a Piero della sua salute, a me delle mie rose, introduce di quando in quando una grossa ma onesta facezia e poi, con grande meraviglia nostra, ci chiede la elemosina. «Così a vedervi, risponde Piero, — nessuno direbbe che vi troviate in bisogno». – «Altro che bisogno! – ripiglia lui. – Ho lavorato fin che ho potuto, ed ora che son vecchio non mi rimangono più che settantasei anni, perchè Nostro Signore non me li ha ancora tolti». – «E siete così di buon umore?» – «Perchè no? Vedo che quando si chiude una porta si apre un portone e mi contento. I poveri di adesso vengono su con ben altri principii, e Dio voglia che non sia peggio per loro». – Ho detto fra me: Se tra gli uomini di campagna e quelli di città corre la medesima differenza che tra questo giulivo mendico e quei visi proibiti dei nostri accattoni, vuol proprio dire che la vita rustica ha in sè qualche cosa di fresco e di sano, così pel corpo come per lo spirito. Ci ripenso ora da tre mesi in qua, e ti prego, se mi vuoi bene, di presentarti, come un operajo a spasso, nella casa del tuo mezzajuolo mantovano, e di rimanere ai suoi stipendi fino che io ti manderò a chiamare.

Potenzinterra!!! Le mani di Galeazzo corsero in traccia del cappello con la palese intenzione di sottolineare visibilmente la enormità di quella proposta, ma l'altra fece mostra di non avvedersene e continuò a dire:

— Se sarai licenziato o riconosciuto per qualche accidente non imputabile a te, ti potrò forse perdonare; se per tua colpa, no davvero. Devi entrare con tutto te stesso nella vita e nell'anima dei contadini, e devi assumerne, colle fatiche e colle privazioni, anche le idee. Vedrai che ti converrà di lavorare del capo quanto delle braccia. Una sola cosa ti permetto: quella di contentarti, per paga, dì quanto mangi e bevi, senza la qual condizione un operajo smesso non può aver fiducia di essere tollerato a lavorar la terra. Arriverai sul luogo con le tasche vuote, o poco meno, ed io ti manderò otto lire il mese: vale a dire quel che ti rende la tua medaglia. Ti serviranno per empire la pipa.

Galeazzo aveva un bel tenersi aggrappato all'unico e semplicissimo proposito suo, ma non per questo si sentiva meno intontito, come si suol dire. Guardò bene Maria, poi si voltò da una parte a fissare il lontano profilo di Donna Stella, poi si stropicciò gli occhi, poi disse:

— Io, Galeazzo, devo mettermi bracciante nella casa del mio mezzajuolo? E devo contentarmi di fumare in pipa?

— Tu stesso. Le teorie rurali sono belle e buone, ma chi le voglia imporre ai contadini, deve sapersi esprimere nel loro linguaggio, deve poter prendere all'occasione il ferro in mano e dire: «Guardate, ragazzi, si fa così e così». Quanto alla pipa, mi sono ben informata come pel rimanente, e so di certo che è affare d'abitudine. Ti abituerai. Avresti forse voluto che ti mandassi un po' qui un po' lì a fare il gentiluomo di campagna sulle varie terre che Dio t'ha dato? Perchè mi tornassi indietro il medesimo uomo di prima, e mi raccontassi di aver fatto buona caccia in un luogo e buona pesca in un altro?

— Avrei voluto, per lo meno, che tu non mi parlassi mai di una piccola cura morale. O credi forse che la tua pipa e il tuo lavorar la terra sieno cose altrettanto lisce e naturali come ti sembrano... a dirle?

— Dunque non ne vuoi sapere?

— No davvero. Tu mi vuoi bene e un giorno o l'altro mi prenderai ugualmente.

Maria finse di rassegnarsi, ma non gli credette. Di fatto, mezz'ora dopo, il brillante sindaco di Abbiategrasso era già a parte del gran segreto.

— Trovami fuori un mestiere di difficile applicabilità, – gli diceva Galeazzo, – che i miei villani non si sognino mai di mettermi alla prova. E permettimi di dormire in casa tua. Così potrò andarmene in cattivo arnese senza dar sospetto ai miei servitori.

— Allora manda innanzi un pajo di valige. O è impossibile che ti credano veramente partito pel Capo.

— Giustissimo.

Due gran bauli, empiuti come Dio volle, mossero poco dopo alla volta di Genova. Poi Galeazzo si mise a tavolino e scrisse:

«Penso che più presto principio, più presto avrò finito, e parto domattina prima dell'alba. Ti raccomando il mio modesto mensile, e ti saluto con tutto il cuore».

Avrebbe potuto escire in querimonie ed in lamentazioni, ma non ne volle sapere, perchè sarebbero state altrettante bugie. La novità della impresa aveva allettato il suo spirito fantastico, ed egli se ne andava abbastanza volentieri, senza avvertire che il progetto di sua cugina era molto molto bizzarro, e che questa bizzarria traspariva appunto dalla sua soverchia ragionevolezza. Nulla infatti di più ragionevole che mutare così un ozioso gentiluomo prima in esperto e poscia in razionale agricoltore, ma... quanti ma avrebbero dovuto apparire in fila davanti agli occhi della bellissima ispiratrice! In ogni modo, poichè era contento lui, siamo contenti tutti.

Addio dunque amabili chiaroscuri, addio dolcissime e delicate mezze tinte; noi stiamo per far capolino in un altro orizzonte dove i giorni e le notti non sono che effetti di luce e d'ombra, distinti fra loro dal buono e dal cattivo tempo, dalla dolce o dalla perversa stagione. Stringiamoci tutti intorno alla segreta anima del nostro eroe, e il gran contrasto fra due mondi, così remoti e diversi, ne acquisterà senza dubbio un più efficace rilievo.

Una cosa ne spiace: quella di non poter faticare meno e colorire più vivacemente le nostre scene, ricorrendo spesso al rustico dialetto. Non possiamo perchè l'Italia è stata così gran tempo schiantata a pezzi, che molte voci e molte locuzioni, vive in un luogo, sono lettera morta per tutti gli altri. E lettera morta saranno egualmente queste pagine per tutti coloro che vi cercheranno arcadici contadini, come quelli dei melodrammi, dei ventagli o dei vasi di porcellana. I contadini veri non sono nè satrapi nè pastorelli: sono uomini, ed uomini poco educati; come tali hanno molti pregi e molti difetti dovuti alla natura o, per meglio dire, alla mancanza d'arte.

Li metteremo qui sulla carta come sono veramente e in casa e fuori, ma il nostro medesimo intento porta seco la necessità di non rifuggire sempre da quelle asprezze di pensiero e di linguaggio senza le quali si finirebbe alla lunga col romper fede al vero, e si dovrebbe fors'anco tagliar fuori di netto qualcuno di quei personaggi, mercè dei quali ci confidiamo unicamente di potervi offerire una meno incompleta cognizione di tutta una gente.

State pur tranquilli che ci riscalderemo bene, ma a suo tempo. Ora basta che abbiate un po' di sofferenza e che ci lasciate preparare il terreno, col fermo proposito da parte nostra di non raccogliere la più piccola scena che non abbia attinenza con ciò che dovremo dire in seguito: Ma il campo è vasto, non ve ne scordate!

FINE DEL PROLOGO.

PARTE PRIMA
Giovannona.
I.

Siamo in quella punta della provincia di Mantova dove il Po, raccolte dalla opposta riva le torbide acque dell'Enza, si getta a un tratto verso settentrione, discendendo per ampio letto fino allo sbocco dell'Oglio. È questo, per così dire, l'ultimo addio che il regal fiume volge repentinamente alla catena delle Alpi di dove è uscito, per poi riprendere come l'aquila romana il suo cammino contro il corso del sole, e così avviarsi difilato, al mare.

Le terre comprese da questa subitanea svolta del Po non sono belle: sono buone in grandissima parte. Chi muove sull'argine che tutte le difende, può bensì vagare cogli occhi dalle nevi del Baldo fino alle più modeste curve del più prossimo Apennino, ma chi abbandona la riva e si spinge verso terra, deve determinare il proprio orizzonte valendosi qua d'un albero e là d'un campanile, e se questo giovi all'ampiezza ed alla varietà della scena è molto facile immaginare.

*

*　　*

Era vicina la sera di una giornata nè brutta nè bella, a mezzo aprile, ed uomini e donne andavano a gara a chi faceva più rumore in una fattoria non molto lunge dall'abitato, detta da secoli la Casanova. Dio ci scampi da quella novità, da quei muri screpolati, da quelle pietre scoperte! Un carro, mezzo pieno di roba verde per le bestie, era entrato cigolando sotto il portico interno, e fra i bisbigli delle donne, e il vociare più sommesso degli altri uomini, emergeva, ruvida e sgarbata, una voce cavernosa di basso profondo:

— Fate presto, fate presto. E voi un'altra volta aggiogateli un po' meglio. Giù questa paglia, santa pazienza! Con quelle marmotte di donne che stanno là a pettegolare, e non vedono che un carro, da solo, io non lo posso cacciare in là!

Non lo avesse mai detto! Un soprano sfogato si affacciò alla porta dell'andito con una caldaja in mano, e montando su su fino alle più alte note che avesse in gola, strillò:

— Già. Pianterò qui la lisciva bollente per dar mano a voi. Un bucato di sei mesi con dentro tutta la canapa e tutti gli stoppacci. Bella testa! Con tante quaresime che avete sulla schiena.

L'altro, quasi ammutolito, borbottava fra sè rabbiosamente, quando una ragazzona sui vent'anni escì di corsa dall'andito, e posata vigorosamente una spalla di fianco al carro, gli diede una tale spinta che dopo, fra il padre e lei, ebbero un bel fare per trattenerlo a tempo.

Poi daccapo un'altra corsa, e tornò a casa senza dire una parola, allo stesso modo di prima.

Era un bel pezzo di grazia di Dio, venuto forse al mondo per far vedere come i peggiori alimenti non tolgano sempre di arrivare alla più soda e consistente solennità di forme. Il breve corsetto bianco e la statura non molto alta scemavano in parte l'effetto troppo maestoso della sua persona, ed anche la testa pareva quasi diventar piccina veduta così fra due spalle che facean per quattro; ma nessun confronto, nemmeno quello delle nude braccia, bastava a salvarle le mani, e a fare che non paressero, come erano aimè, proporzionate e giuste. Aveva i capelli nericci e crespi, tirati a forza dietro le orecchie, e i lineamenti bene armonizzati con le tinte calde del viso, dove il sole, il vento, ed il vigor naturale, sbizzarrendo in compagnia, avevano messo assieme una specie d'intenso incarnato, che tenea del rubino, più assai che non tenesse della rosa gentile.

Lo scalpello di madre natura, lavorando senza amore su quel carnevale di salute, su quella pompa superba di muscoli e di polpe, aveva lasciato da canto la viva fonte di grazia e di bellezza che è la linea curva, per valersi più sbrigativamente di quella tonda, cosicchè la ragazza, nata e battezzata per Giovannina, aveva dovuto rassegnarsi, da qualche anno, al massiccio accrescitivo di GIOVANNONA.

L'aveste veduta dieci minuti dopo! Un prigioniero, stretto alla stiva di una galea, non avrebbe potuto arrancare con maggior lena sul remo, di quello che essa, china su di un pajuolo che pareva uno stajo, non rimenasse infaticabilmente il giallo pane di tutti i suoi. A vederla, pareva un gioco, ma provarcisi bisognava, con quel po' di foco a tre palmi dal viso, e con quella pasta che diventava sempre più dura, man mano che l'acqua se ne andava in fumo!

Quando ebbe percorso all'infinito e per tutti i lati quel tenace ammasso di molta farina e di pochissim'acqua, nel quale girava e rigirava il mestone come se avesse lavorato dentro ad un vaso d'olio; quando fu ben certa che un solo pizzico di roba asciutta non avrebbe potuto far fede ai posteri della sua pigrizia, allora tolse il pajuolo dal foco, lo mise a terra, spianò ben bene ogni cosa con un mestolo bagnato, e poi, uno due e tre, ecco lì già ribaltata sul tagliere una polenta grande come l'eternità.

Prima a comparire fu la madre, Nunziata, la quale non aveva ancora smesso di dar dell'orso al povero marito, cioè a Domenico Gervasi detto Stentone: un uomo tutto braccia e tutto gambe, così magro ed ossuto che pareva l'inedia; ed insieme a costui apparvero poco dopo e il suo figliuolo Pompeo, e una giovinotta del vicino villaggio, a nome Peppina, che ajutava da più giorni le donne a mandar innanzi il grande bucatone della primavera.

Erano in cinque e parevano in cinquanta. Stentone, rimasto sull'uscio, s'affannava tuttora a mandare i suoi ultimi ordini al bifolco, ritto in piedi ad ascoltarlo sulla porta della stalla; Pompeo correva dietro a Peppina che gli aveva nascosto le scarpe e lo forzava così a camminare a piedi nudi sui mattoni freddi; Giovannona apriva e chiudeva tutti i canterali in cerca di un po' di filo per tagliar la polenta; e la madre, verbosissima, non moveva un passo di qua o di là senza parlare da sola ad alta voce e dire: «Ora anderemo a prender l'olio! Ora anderemo a spillar l'aceto!» e così di seguito col sale, il pepe e l'aglio, cinque anderemo in tutto.

Sedettero finalmente nel nome di nostro Signore Iddio. Stavano già mangiando da dieci minuti quando l'amico nostro, benissimo acconciato nei panni e coll'andatura non punto simulata dell'uomo stanco, s'affacciò timidamente all'uscio, e disse in buon milanese:

— Buona sera! Vorrei parlare col capo di casa.

I cinque si voltarono tutti d'un pezzo, e Peppina, la quale si curava men degli altri di sapere che ci fosse di nuovo, diede subito fuori le sue impressioni personali, e disse:

— Oh che bell'uomo!

II.

Parlate pure, questo è mio marito, – sclamò tosto Nunziata, perchè s'intendesse bene che il capo di casa era più lei che lui.

Galeazzo capì il latino, e volgendosi ad entrambi, rispose:

— Ho avuto dispiaceri nel mio paese, e me ne sono allontanato finchè mi duravano i quattrini. Ora son quasi a secco, ma possiedo una casetta affittata per la quale mi manderanno otto lire e qualche soldo il mese. Voi datemi da lavorare, e mantenetemi, che mi basta.

— Mantenere! Mantenere! – sclamò Stentone che soleva sempre avviare i discorsi come se avesse avuto qualcuno di dentro che gli mandasse fuori le parole a spinte. – Mantenere può essere poco, e può essere troppo. Vi ho chiamato io?

— Se voi mi aveste chiamato, non avrei avuto bisogno di offrirmi, e sono già dodici ore che non faccio altro. Ho principiato a domandare prima trenta soldi, poi venti, poi quindici, e sempre no, e sempre no. Qui ho voluto provare ad esibirmi gratis. Non mi volete? Me ne vado. Però mi dovete fare un piacere.

— Due! – rispose Nunziata.

— Quello di dirmi voi stessi chi può avere bisogno d'un uomo a buon mercato come sono io. Nel venire in qua son passato davanti a tre fattorie, ma non ci ho messo il piede perchè possibilmente mi voleva mettere più vicino all'abitato. Quale devo tentare per la prima? La grande, la piccola o la mezzana?

— Questa mossa strategica sortì il miglior effetto, e Pompeo scivolò nella pania il primo.

— Come siete dabbene! – disse volgendosi al suo babbo ed alla sua mamma. – Vedrete che lo manderanno a finire in bocca dell'appaltatore.

— Grazie, – sclamò Galeazzo infilando la porta. – Buon pro' e buona sera!

— Dove andate? – gli domandò la vecchia.

— A cercare di questo appaltatore, – rispose tornando indietro. – Son forte io, e se c'è un lavoro in terra qui vicino, vi farò ben vedere se sono uomo da scomparire a petto agli altri.

Pausa. Stentone stava là cogitabondo, allorchè gli echi della cucina furono scossi da una terza voce virile non prima udita. Diceva:

— Papà, il fosso.

Galeazzo volse gli occhi in giro cercando da tutte le parti un baritono mascolino al quale attribuire queste tre parole. Non c'era.

Giovannona aveva ancora la mano posata sul braccio del padre, dunque era stata lei.

— Il fosso! Il fosso! – ripigliò Stentone. – Sicuro che c'è il fosso! Ma costui chi l'ha mai visto? Dove stava? Che cosa faceva? Può aver le mani lunghe, e se poi ci scappa con un vitello?

Questo mansueto quadrupede levò tosto a Galeazzo ogni voglia di risentirsi. Trasse di tasca due grandi fogli, ed ispirandosi agli esempi di Donna Stella, rispose subito con la maggiore perspicuità:

— Ecco. Queste sono le mie carte in data di ieri con tre, quattro, cinque bolli uno più autentico dell'altro. Vedrete che vengo dalla provincia di Milano, che facevo lo stampatore, e che, fino a ieri, ho sempre rispettato i vitelli degli altri. Andate pure a mostrarle al messo comunale, al sagrestano, a chi vi pare e piace. Io intanto, con vostra buona grazia, vorrei dormire. Se non avete un letto pronto, o se non vi fidate a prendermi in casa, mostratemi il fienile, e datemi un sacco per dormirci dentro. Se poi domattina non mi vorrete, poco male e me n'anderò.

— Chi va a letto senza cena tutta notte si dimena, – esclamò Peppina, guardando intorno, con una occhiata di rimprovero, tutti i suoi commensali.

Galeazzo la credette di casa anche lei e rispose, ringraziandola:

— Non ho fame nè sete, ho sonno, e posso dormire come voglio, perchè ho fatto il soldato.

— Ah siete stato soldato – sclamò la vecchia. – Come il mio povero figliuolo maggiore. Va, Pompeo, conducilo tu stesso, e dàgli il cuscino di Piero per posare il capo. Ah mustacchione, mustacchione, che ci porti via le creature sul più bello!

E scosse enfaticamente il dito verso un rustico ritratto di Sua Maestà.

Galeazzo fu lì lì per rompere una lancia in difesa del suo Re, ma poi pensò bene di avviarsi con Pompeo, quando Nunziata li trattenne entrambi sulla porta chiedendo:

— Un momento. Che dispiaceri avete avuto nel vostro paese?

— Nulla che mi possa nuocere presso l'Autorità. Ho tribolato molto per causa di una mia cugina.

— Dovete dire che l'avete fatta tribolare voi! – proruppe Giovannona, la quale non poteva soffrire le donne, e appunto per questo non permetteva mai che si toccassero davanti a lei.

— Può essere. Buona notte.

Quando i passi dei due giovani non s'udirono quasi più, Stentone principiò a crollare tutte due le spalle come per incitarsi ad un discorso lungo, e borbottò, infilando la giacchetta:

— Non so niente. Non so niente. Vado a mostrare queste carte a qualcuno che se ne intenda, ma mi potranno dire tutti che sono in piena regola, e non per questo mi fiderò. Un uomo che domanda lavoro di notte, ha più voglia di entrare in casa che di lavorare. Dunque voi andate a letto e chiudetevi dentro. Io non mi muovo dalla stalla per tutta la notte.

E via di corsa.

Lasciamo che le tre donne si trattengano a sofisticare, e andiamo a sedere sul fieno presso il nostro eroe, chiuso nel sacco.

Era, troppo indolenzito per poter dormire. Il suo spirito, fatto più agile per la medesima stanchezza del corpo, vagava da Giovannona a Maria con liberalissima volubilità per poi saltellare capricciosamente dall'uno all'altro episodio di quella strana giornata. Se avesse avuto giudizio, avrebbe dovuto aspettare con tutta la flemma che il capo gli si affondasse a un tratto nel cuscino, come una mela matura a mezzo ottobre; invece, visto che con tutto quel po' po' di sonno non poteva punto dormire, pensò di riandare, non saltelloni come prima, ma con ordinata cronologia, tutti i piccoli fatti delle sue ultime dodici ore.

— Deve esser nojoso, – disse; – dunque m'addormenterò.

Ma se premeva a lui d'annojarsi, non preme poi tanto a noi, cosicchè, in luogo di tenergli dietro, diremo alla spiccia che egli, per arrivare a posto in modo conforme alle sue poverissime apparenze, aveva dovuto salire più volte su certi pubblici veicoli che, soltanto a vederli, c'era da prendere il mal di mare. Quando finalmente arrivò così innanzi che la Posta medesima, in luogo di tirar via diritto, principiò pulitamente a pigliare i suoi comodi, allora non ci fu altro verso, e se volle arrivare sul luogo prima di notte, gli bi–sognò di raccomandarsi alle gambe.

Due cose lo occupavano più delle altre: una il decifrare le risposte dei viandanti, ai quali chiedeva della strada più corta, l'altra lo abituare sè stesso alla propria vista. Da una parte, per soddisfazione delle orecchie, un dialetto arlecchino dove i soavi dittonghi di Lombardia si affratellavano gradevolmente con le dolci modulazioni della parlata parmense; dall'altra, per soddisfazione degli occhi, un vestito completo di fustagno verdiccio, due stivaloni che parevano due barche, e una bella cipolla in forma di orologio, tratta di tasca ogni momento per verificare come mai mezz'ora prima gli avessero parlato di due buone miglia, ed ora, dopo tanto camminare, principiassero bel bello a discorrere di tre.

— Ho capito, – pensò. – Più si va e più crescono. Voglio provare a star fermo per vedere se scemano.

Calò giù dalle spalle un esile fagottino, contenente un po' di biancheria e una seconda muta di abiti di tela, e posacosì in riva d'un fosso, principiò a dire filosoficamente:

— Guarda, guarda questo povero diavolo qui solo solo, se non par tutto il conte di Belgirate! Pare, e pare davvero, ma che sia proprio? Io non me lo so più dire. Un po' l'abito, un po' l'appetito, un po' la gente che non mi guarda nemmeno, mi ritrovo come se avessi un Tizio, di dentro, il quale mi volesse persuadere che io non sono più io. Ho passeggiato ancora in campagna, e ho chiesto ancora la strada ai contadini, ma non avevo che ad apparire per vedermi intorno tanti e tanti pieni di buona volontà, che mi rispondevano in cinquanta maniere, per timore che io non intendessi. Costoro invece... Basta! Ho una gran paura che i poveri non abbiano molto da sperare... dai poveri.

Con questo pensiero in capo aveva tratto di tasca una enorme fetta di galantina, con esso l'aveva mangiata, ed ora, sempre con esso, dava di volta nel sacco, affermando solennemente che i veri poveri, di notte, sono coloro che non possono dormire.

Di giorno è un'altra cosa.

III.

I conjugi Stentone (per dirla alla francese) erano marito e moglie da quasi trent'anni, e toccavano il secolo fra tutti due. L'uomo aveva messo assieme quel po' di pelle che gli copriva le ossa mangiando da bambino in poi alla scarsa greppia della Casanova, e la soave compagna della sua vita gli era piombata sul capo da una vicina fattoria, come un vivente castigo cresciutogli amorevolmente dalla Provvidenza. Essa lo aveva instupidito da giovine quando facevano all'amore, al punto di persuaderlo che sarebbe stata la fenice delle massaje, e poi, instupidendolo continuamente, aveva fatto sempre quel diavolo che aveva voluto, fino a vendere la farina od il grano a spizzico per berne, di straforo, tanto caffè. Se n'era accorto alla lunga il pover'uomo che lavorava come un bue da mattina a sera senza mai trovare i conti della macina o del mugnajo, e aveva anche provato qualche volta a metterle sotto il naso quei suoi due pugni che parevano due mazze ferrate; ma sì, l'altra aveva la lingua per sè,

13

aveva la sfacciataggine, e gli andava incontro con due occhi di basilisco, con le canne della gola che mandavano fuori strillando più bugie che fiato, e fin che non c'era un muro che li fermasse entrambi, oh per dinci santo che non si fermava neanche lei! Che cosa avrebbe potuto fare un uomo forzutissimo, primitivo, di poche parole come quello? O ammazzarla un bel giorno a furia di botte, o mandar giù e tacere. E mandava giù.

Se la loro unica figliuola non avesse tenuto della fibra paterna, sarebbe morta dicerto prima della pubertà, poichè la madre, per iscansar fatica, l'aveva messa a fare, dai dodici anni in su, tutto quello che di più pesante avrebbe dovuto far lei, compreso la polenta. Giovannona ci si era ingrassata dentro, perchè Domeneddio aveva pensato bene di largire a lei sola quanta vita e quanta salute avrebbero bastato a contentarne due; ma essa, per quanto grossa, vedeva ed intendeva bene ogni cosa, e però non poteva menar buono alla madre nè la parlantina, nè la ghiottoneria, nè le troppe smorfie che aveva fatto e che faceva ai maschi.

Costoro avrebbero dovuto ajutare il padre colle mani e coi piedi, non è vero? Nunziata invece non aveva pensato che ad accaparrarsene l'animo per quando avesse potuto trovarsi in bisogno di loro, e li aveva tirati su a furia di complimenti da bambini in poi, riparandoli, con tutta l'ampiezza delle sue sottane, dalle snaturate esigenze di Stentone, il quale, secondo lei, non era al mondo per altro che per ingrassare l'Illustrissimo di Milano. Il maggiore dei due ragazzi, cioè Piero il militare, era riuscito un ottimo figliuolo egualmente, ma che po' di pazienza non ci voleva coll'altro rimasto a casa, con quel Pompeo! Le tendenze di costui erano parecchie: stirarsi le braccia e sbadigliare in casa, vestirsi bene e berne un quinto fuori, e non lasciar mai passare nè in casa nè fuori un'unica festa comandata senza un po' di sbornia, e un po' di briscola, e un po' di mora. O bella! Abbiamo tutti le nostre aspirazioni!

Giovannona, per non far torto alla regola, ne aveva una anche lei, e così grande, e così grossa, che le stava come dipinta. Voleva maritarsi bene, voleva maritarsi presto, voleva portare le sue laboriose attitudini in un'altra casa, più rallegrata dai sorrisi della fortuna che non fosse pur troppo la sua; e voleva che questa casa, governata, condotta, sostenuta quasi da lei, diventasse nelle sue mani la ottava meraviglia del mondo, cioè una specie di alveare, pieno zeppo di persone docili e laboriose, tutte invase, come lei, dalla febbre acuta del lavoro, e da quella acutissima dell'ordine e dello sparagno.

Intanto, per non perder tempo, procurava di confermare la sua riputazione di figliuola obbediente (che le premeva di molto) e non lasciava correre nessuna occasione di servire e riverire il suo difficile fratel Pompeo, il quale, malcontento delle proprie donne, avrebbe potuto menarne in casa una terza, avanti, Dio guardi, che ne uscisse lei. Capirete, star sotto ai genitori e far la serva umilissima di un fratello coi calzoni, sono cose che si capiscono, ma piegare il collo davanti ad una cognatina in sottanucce, davanti ad una femminetta da men di lei... vengono i brividi a pensarci!

E così il magnanimo Pompeo, coccolato e lisciato da mattina a sera, pareva un tordo nel miglio, un canonico nel burro.

Date adunque le aspirazioni della nostra ragazza, vediamo un po' fino a che punto, auspice la Fortuna, aveva saputo e potuto adombrarle nei fatti. Aimè! C'era poco da star allegri, ed essa, come noi tutti, aveva dovuto persuadersi che tra le nostre speranze e il vero ci corre sempre di molto, e che questa grande distanza non si salta a piedi pari da nessuno; nemmeno da coloro, e sono i più furbi, che si contentano come lei di tendere agli ideali... meno ideali.

La Casanova stava immobile da un pezzo nelle adiacenze di Coronaverde (che è il poetico nome della più prosaica villetta del mondo) e l'ambiziosa anima di Giovannona, in luogo di chiudersi modestamente nei tranquilli orizzonti della sua terra natale, si era messa a guardare già da gran tempo a destra ed a sinistra, cioè ai più grossi villaggi di Dolo e di Pesco, e guarda da una parte, e guarda dall'altra, aveva poi trovato a mano manca un mediatore di vino e di grano il quale, secondo lei, era proprio quello che le andava bene. Che novità, diremo noi! Era figlio di madre possidente, e guadagnava più quattrini lui a furia di eloquenza e di sedute all'osteria che non dieci contadini a furia di braccia e di sudore; sicuro che andava bene, ma il duro stava piuttosto dall'altra parte: cioè nel persuadere il mediatore che Giovannona andasse bene a lui.

Prima di vedere come costei principiasse a mettere innanzi le sue pedine, merita che ci fermiamo un momento per guardarla meglio; per ora non s'è visto che la pelle, e noi possibilmente abbiamo l'obbligo di vederci sotto.

Chi dunque avesse voluto cercarle nel viso la palese espressione dell'animo, avrebbe dovuto contentarsi di badare agli occhi, sicuro di averne maggiori indizi che non dalla fronte spianata e dal massiccio profilo. Questi occhi, strano a dire, non avevano niente che fare con quelli di Giunone; erano anzi altrettanto piccoli quanto asciutti e grigi, e ne guizzava fuori uno sguardo acuto e penetrante che essa medesima sentiva di avere, e che rivelava a un tratto la sua raccolta, la sua tenace astuzia.

Ora l'astuzia distrugge affatto sè medesima, quando uno e se ne tenga troppo, e ne faccia, per così dire, uno sfoggio continuo. Era il sistema di Giovannona: un sistema imprudentemente sostenuto da bambina in poi. Non le bastava di essere furba per tre, voleva parere per sei, e così gli altri, vedendola ribellarsi continuamente contro le corbellature, anche quando non intendevano punto di corbellarla, studiavano meglio le occasioni di fargliela tenere, e qualche volta la uccellavano bene. Erano donne del vicinato che riuscivano a mandar a spasso le galline sul sacro suolo della Casanova; erano ragazzacci vagabondi che si ajutavano fraternamente per portarle via una fascina assai più grossa che non agli altri; tutti insomma, appena che potessero, gliela facevano con un gusto matto.

Ma quando Giovannona principiò ad aver voglia di marito, quando vide che i giovinotti della sua età, dopo di aver tentato di discorrere con lei per un pajo di domeniche, scappavano tutti di corsa uno dietro l'altro, come persuasi di non poter mai fare all'amore con una ragazza che li avrebbe menati pel naso a tutti insieme, allora le venne una specie di scrupolo, ed essa avvertì finalmente che le conveniva di mutar sistema.

Per la qual cosa, o lettori, allorchè v'imbatterete in una verginella sui quindici anni, o giù di lì, che sia stata un diavolo da ragazzina e che poi, intorno a quella età, metta fuori da un momento all'altro due morbide ali d'angioletto, allora, o lettori, dite pur subito: ecco una birichina che principia da ora a far la santa per trovare marito. E Giovannona, che era troppo conosciuta per poter fare la santa, si propose invece due cose: la prima di parlare pochissimo con tutti, e meno coll'amoroso quando lo avesse trovato di suo gusto; l'altra di starlo ad ascoltare a bocca aperta, per quante grosse fandonie avesse tentato di darle a bere. Qui stava il difficile, abituata come era a puntare lo sguardo negli occhi della gente, quasichè avesse voluto arrivare all'anima dei suoi interlocutori, col deliberato proposito di snidarne fuori tutta la malizia e tutta la ipocrisia!

*
* *

Ma a dispetto dell'umile programma, l'uomo di suo gusto non compariva più. Aveva un bel filare sedici ore il giorno l'inverno, un bel pretendere l'estate dai suoi genitori che le pagassero a mezza lira quelle sue giornate di lavoro che ne meritavano più di una; e tutto per metter da parte il lettone di piuma, la cassapanca, e un intero esercito di camicie e di lenzuoli; niente ci valeva, e nemmeno la grande riputazione faticosamente guadagnata al suo corredo di sposa non aveva ancora approdato a nulla. Giovannona principiava già a dar la colpa alla Fortuna ladra, che non le aveva dato che le braccia e una gran voglia di adoperarle, quando, una bella giornata, principiò a pensare a Niccolino, vale a dire al suddetto mediatore: un bel pezzo di cristiano sui ventotto circa, tuttora vispo e gajo a furia di buon vino, di buon sangue e di buona fortuna.

15

Era l'uomo d'affari di Stentone. Come tale, appariva spesso alla Casanova per far vendere quanto, delle derrate, apparteneva al mezzajuolo, e fin che non gli riesciva di prender la caparra di mano al compratore e di metterla scherzando, predicando, gesticolando, in mano a Stentone, non andava via. Giovannona lo prese un giorno pel braccio, e rinunziando per forza, ma provvisoriamente, al suo proposito di fare l'ammutita e la sempliciotta, gli chiese a bruciapelo:

— Dite un po', voi che trascurate i vostri affari per attendere a quelli degli altri: perchè non vendete mai il vostro poderino?

— Vendere, a casa mia, significa pigliar i soldi con una mano, e portarli all'oste coll'altra. E dopo, se la mia grigia mi caccia nel fosso e mi fa rompere una gamba, cosa mangerei?

— Ma intanto la vostra terra mangerà voi. Son pronta a scommettere che da due anni in qua non ne cavate nemmeno le imposte, e verrà il momento che per pagarle dovrete fare dei chiodi, e dare in pegno casa e casamento. Bel modo il vostro di tenere la grazia di Dio! Noi altri, pur troppo, dobbiamo lavorare per uno e raccogliere per mezzo, con tutte le spese sulle nostre spalle, ma pure vi sfido a trovare in tutta la Casanova un solo pezzetto di terra così malandato come il vostro.

— Chi ne ha colpa? Son sempre in giro dalla mattina alla sera, e bisogna per forza che mi metta in man di Dio. Ogni bracciante che piglio e che pago, è più quel che mi ruba che quel che mi guadagna. Cosa vuoi che ci faccia? Il piede in due staffe non lo posso tenere.

— E voi vendete.

— Sì, con mia madre che mi morrebbe dal dispiacere. Capirai, c'è nata dentro, povera vecchia!

— Ebbene, promettetemi i confetti, e penso io ad ogni cosa.

— I confetti?

— Sì, non c'è che una buona moglie che possa salvare vostra madre, la vostra terra, e voi. Basta che stiate in guardia da quelle punzone che portano il cerchio, ed hanno in capo una mezza parrucca di capelli finti. Meglio sarebbe che andaste avanti così. Voi dovete mettere gli occhi sopra una legittima villana, che abbia, di suo, altrettanta terra quanta ne avete voi: una di quelle ragazze che si degnano ancora di mungere una vacca, ed hanno, per così dire., nel sangue l'amore della spola, del fuso e della zappa. Con una di esse voi potreste addormentarvi nel barroccino, e sareste egualmente sicuro che Dio, il sole e la donna ajuterebbero insieme la vostra terra a lavorar per voi, senza mai avere, come avete ora, le viottole piene di sterponi, e quasi tutti i filari con una pianta sì e una pianta no. Io l'avrei una di queste donne, ma ve lo torno a dire, e anche in musica se la musica vi piace: «Vo-glio-i-con-fet-ti!»

Qui l'attenzione di Niccolino si volse a un tratto verso un angolo della stanza; dove, per mandar avanti il contratto di quel dì, urlavano tutti peggio di prima.

— Vado, – disse, pigliandola pel ganascino. – Stentone si gratta il capo, e se non lo ajuto io, te lo mettono in mezzo. Fai bene a darmi questi buoni consigli, Giovannona. Nessun mediatore ha mai minchionato tuo padre meno di me.

Due settimane dopo, din din din din, i campanelli della grigia sonavano a raccolta in mezzo all'aja. Giovannona saltò fuori la prima, e diede mano al mediatore a fermare la bestia.

— Tuo padre?

— È andato a pelare i vimini coi boscajuoli. Se volete, do fiato al corno, ma vi avviso che è assai lontano, e ci vorrà un pezzo prima che arrivi.

Giovannona imboccò subito il suo pastorale oricalco, e soffiandovi dentro con tutta la forza del larghissimo petto, ne trasse alcune note sgangherate che volevano dire: «Stentone a casa!» e subito Niccolino:

— Ho riflettuto molto su quello che mi hai detto, e credo di averti capita bene. Ho passato cioè in rassegna tutte quante le donne che tu puoi aver sottomano, e mi sono persuaso che tu stai per esibirmi

il canchero più canchero di tutte, nella speranza che io, dopo di averlo scartato, mi persuada subito
che farei assai meglio se sposassi te.

— Me? – sclamò Giovannona senza arrossire, come quella che per non lasciarsi cogliere alla
sprovvista aveva preveduto ogni cosa, e perfino che l'altro le leggesse in core. – O vi gira, o avete
bevuto.

— Perchè?

— Ma dove ho la roba che valga la vostra, così Dio me l'avesse data!?

— Bella questa! Saresti stata troppo minchiona, se mi avessi offerto una povera meschina pari tua!
Avrei stretto le spalle addirittura. Così invece mi hai fatto riscaldare con le buone; ed ora, come vedi,
son cotto a punto. Non passa notte che non sogno delle mie viti senza tralci e del mio praticello senza
letame. E questo significa, se non sbaglio, che il merlo sta per mettersi a cantare. Mi vuoi?

Giovannona, piccata, gli voltò non una ma tutte due le spalle.

— Ho capito. La pigli male perchè ho dato della povera meschina a te e del merlo a me. Non dovevi
metter giù la pania, se t'incresceva. O ti pare di essere una signora? Via, Giovannona, parliamoci col
core in palma di mano. Se noi due facciamo a farcela, non ci si riesce nè tu nè io. Vuoi che creda che
tu possa aver parlato per amore dei confetti, o peggio ancora per amor del prossimo? Non mi farai
questo torto, spero bene. Dunque ascolta.

Qui Giovannona si levò una rosa dai capelli, e si mise a fiutarla come per dire che era tutta orecchi.
E l'altro:

— Noi discorreremo tutte le feste, dopo la benedizione, e se è vero che cane non mangia cane, nessuna
cosa è più difficile che noi due si possa mai finire col volerci male. Ci vogliamo troppo bene ognun
da sè. Io penserò al mio interesse, tu penserai al tuo, e siccome il tuo e il mio, quando ci sposeremo,
debbono diventare per forza un interesse solo, così non c'è pericolo che non diventi grande. Non è
questo che mi dà pensiero. Non è qui l'ostacolo.

— Dov'è

— In capo di mia madre che non vuol saperne di prendere nuore in casa. L'ho già tastata più volte
dacchè penso a te, e non mi è mai riuscito di cavarne altro.

— E allora? – domandò vivacemente la ragazza.

— Allora bisogna darmi tempo di persuaderla, e rassegnarci entrambi a fare all'amore un pezzo. Tuo
padre è qui che arriva. Ci stai?

— Se domani all'Ave Maria mi vedrete ferma sulla porta, fatevi pure innanzi; vorrà dire di sì.

Niccolino tenne l'invito. Egli era ancora lontano quasi un tiro di cannone e già aveva visto che l'altra,
per non dar luogo ad equivoci, aveva pensato bene di mettersi a sedere. Più ferma di così non poteva
essere.

Quando arrivò Galeazzo, i due discorrevano già da circa un anno. Questo non vuol dire che la ragazza
non si fosse adombrata della troppa sincerità con la quale quell'altra volpe, più vecchia di lei, aveva
creduto conveniente di mettere subito le sue carte in tavola; ma bisogna sapere entrare nei panni di
tutti, e poi domandare a sè medesimi se quando uno ha preparato di lunga mano un gran colpo, e già
quasi lo arriva, e già quasi lo tocca, si possa pretendere che faccia tanto il sottile nel giudicare del
modo col quale gli altri si sono prestati a lasciarglielo arrivare.

Giovannona chiuse un occhio su questo modo, e non pensò ad altro che ad aggrapparsi all'anima di
Niccolino con tutti i raffi e gli uncini del suo arsenale di donna, al punto che costui, per non rimanerle
troppo al disotto, dovette presto lasciar da parte la grand'aria assunta nel primo dialogo, e fare, a spinte
o a sponte, l'appassionato anche lui; ma sul più bello della sua passione, e per non perdere troppo
terreno, durava ancora a scappar fuori con un oggi la mia mamma ha detto questo, oggi la mia mamma
ha detto quest'altro! Sempre in campo la beata mamma.

Giovannona non ne poteva più. Mille volte era stata sul punto di dargli dell'innocentino che aveva
paura della sua mammina, e mille volte s'era trattenuta, con più fatica e con più stento che non a

battere il grano col sol di luglio. Si sentiva bensì molto scoraggiata, ed aveva anche preso qualche piccola precauzione, come vedremo in seguito, per non dar mai completamente in secco; ma perchè, voleva sempre poter dire che se poi le andava male, non era stato per colpa sua, durava a tacere non solo, ma faceva mostra di inghiottire ogni cosa, come se fosse stata l'ultima delle credenzone, lei, Giovannona!

Se non che, aspetta e spera, quella tale Peppina che abbiamo già visto cenare con tutta la famiglia, era stata il dì innanzi nel paese del mediatore, e aveva poi detto alla sua vicina che, una parola raccolta qui, un'altra raccolta lì, ne aveva messo insieme di molto belle.

— Che cosa? – domandò Giovannona. – Che faccio male a discorrergli perchè ha più voglia di farsi squartare che di sposarmi?

— Peggio. Viene da te per farsi vedere dalla gente, e poi, in segreto...

— Vuol bene a un'altra?

— Alla nipote del suo Preposto!

— Del Parroco?

— Nientemeno!

— Oh che don Angelo non è uomo da accettare in famiglia un villano di sensale che non sappia di lettere quasi quanto lui.

— Eh, cara mia, se Niccolino ci s'è messo, qualche buona speranza ce la deve avere!

Giovannona sulle prime ci ebbe quasi gusto. Almeno ora sapeva di che morte poteva morire. Poi fu presa dalla rabbia e si sfogò cenando.

Voi che non credete, provatevi a pigliar a prestito la Mole Adriana di Giovannona, e poi vedremo, con la bile in moto, se la fame si farà pregare.

V.

Battevano le undici, e Galeazzo, che si era coricato da più di tre ore, principiava appena a schiacciare uno di quei sonni benedetti che trovano una creatura mezza morta e la rifanno viva, quando un'ombra lunga lunga si arrampicò lungo la scala a pioli che dava nel fienile, ed inoltrandosi carpone fin vicino al sacco, si mise a spiare il giovine dormente. Era Stentone. Le campagne vicine avevano avuto a lamentare parecchi grossi incendii così iterati e così ben distribuiti da far subito escludere l'opera del caso; ma siccome l'incendiario è un certo delinquente che non può essere tradito dagli altri, perchè fa da sè, così non ci fu verso di poterlo cogliere. I pretori ci perdettero il loro latino, e la colpa, per non dar danno a nessuno, arrivò di peso fino all'Internazionale.

Ma il nostro mezzajuolo non s'intendeva gran fatto di politica sovvertitrice, e la paura di aver accolto un forestiero mal intenzionato gli fece interrompere di soprassalto quel brevissimo sonnellino che soleva fare ogni notte. I contadini più laboriosi, quando arrivano ad una certa età, non dormono nella buona stagione che quasi niente, e passano la notte a salire e scendere di letto, per vedere che ora è alla finestra, guardando, con in–fallibile accorgimento, a che punto dell'orizzonte si trovano i Segatori e la Chioccia: rustici nomi del loro più rustico zodiaco. Si ricattano, è vero, l'inverno quando piove e quando nevica, ma non sempre piove e non sempre nevica, e allora, anche d'inverno, poco dormono più che d'estate.

Stentone stette lì immobile ad origliare per un pajo d'ore, ma il respiro di Galeazzo era così dolce e così tranquillo che il suo sonno, più che d'un giusto, pareva quel d'un santo. Quegli però dovette riporre i suoi biechi sospetti dentro di sè, e udito battere il tocco, scese pian piano come era venuto, e andò nella stalla ad ajutare il bifolco che aveva principiato fin dalla mezzanotte a governare i buoi.

Colà le ore solevano passargli presto, e non fu poca la sua meraviglia, quando Giovannona gli annunziò dalla porta assai vicina l'alba, e gli chiese se andava lui ad accompagnare il milanese al fosso, ovvero se ci doveva andar lei.

— Va, va, – rispose; – noi non s'è ancora finito.

18

— Ricordatevi allora di mandar a chiamare il signor Concomodo, perchè dopo non ci venga a dire che non lo abbiamo avvisato a tempo.

— Manderò, manderò.

Giovannona ebbe un bel gridare «Su che è ora!» nelle orecchie di Galeazzo, ma fin che non si decise a scuoterlo non lo svegliò, e se non era il sacco ad ajutargli l'associazione delle idee, Dio sa quanto tempo avrebbe dovuto stropicciarsi gli occhi prima di raccapezzare chi era quel granatiere in sottane che lo tirava pei piedi e che cosa voleva.

— Vado a prepararvi la carretta e vi aspetto in corte. Fate presto. Non vedete che è giorno?

E andava quasi a tentone anche lei.

Cinque minuti dopo Galeazzo, che aveva dormito coi suoi panni, si era già lavato alla meglio davanti alla tromba, e aveva principiato a mandar avanti la sua carretta da una ruota sola, stringendone fra le mani le impugnature, e valendosi del forte cinghione attaccato alle stanghe per dividerne il peso fra le braccia e le spalle.

Fecero così, una zitta, l'altro ancora mezzo istupidito dal sonno, un bel migliajo di passi in aperta campagna, finchè la giovane si fermò su due piedi, e gli chiese ad alta voce guardandolo in viso:

— Voi non sareste mica un imbecille, se il domandare è lecito?

— No, – rispose quello ingenuamente, dopo averci pensato sopra un po'.

— Di fatto jersera non mi parevate. Ma ora avete gli occhi tanto imbambolati...

Galeazzo se li fregò più volte con tutte due le mani.

— Nulla, nulla, – rispose. – Un po' di sonno che mi è rimasto dentro. Ecco. È passato. Dite pur subito quello che devo fare.

— Un momento. Prima ci dobbiamo intendere. Sedetevi là sulla carretta, io mi metterò in terra qui accanto, e discorreremo fin tanto che ci si veda un po' meglio.

Anche Maria, prima di infliggergli quel po' di ricreazione, era venuta fuori con un «Prima ci dobbiamo intendere». Galeazzo si aspettò subito qualche altro flagello sul genere del primo, ed obbedì macchinalmente, col viso di un uomo che non sapesse più in che mondo fosse.

— Vi ho chiamato prima del bisogno, – prese a dire Giovannona appena seduta, – perchè voleva aver tempo di farvi osservare che se non c'era io jeri sera, voi questa mattina non avreste punto saputo dove andare a lavorare. Mio fratello Pompeo vi ha parlato bensì di un argine che si sta alzando qui presso, ma non ci vuol meno d'uno sciocco pari suo per imaginare che un appaltatore possa prendere un carrettante novellino, che arriva non si sa di dove, senza che gli altri uomini, vecchi del mestiere e che lavorano sopra di sè, non s'accordino tutti a farglielo mandar via. Potevate cercare altrove, non lo nego, ma pur troppo chi ha più bisogno è sempre l'ultimo a trovare, e se voi, con tutta la vostra necessità, vi vedete già bell'e a posto, persuadetevi pure che è merito mio.

— Ve ne ringrazio con tutto il cuore.

— Non mi basta. Anche voi dovete fare qualche cosa per me.

— Io?

— Voi. Quando vi ho sentito parlare con tanto bel garbo jersera, ho pensato subito che nessun uomo del mio paese avrebbe potuto ajutarmi meglio di voi, e vi ho fatto fermare, come avete visto. Costoro, o sono troppo rozzi, o mi vogliono male, o posso esser sicura che mi metterebbero in piazza in una settimana. Voi invece, più complimentoso, forestiere, ed obbligato in coscienza a volermi più ben che male, voi sareste un gran poco di buono se, per far piacere a me, non sapeste parlare e tacere assai meglio di tutti.

— Fin che si tratta di tacere, è un conto, e ci sto, – sclamò Galeazzo ridendo; – ma a chi, se è lecito, dovrei parlare?

L'altra capì l'antifona.

— Non vi sgomentate, – disse – coi giovani m'ingegno da me. Vi manderò da persone che hanno preso la prima comunione avanti che voi ed io si comparisse al mondo.

— A far che?

Colle buone. Non voglio già raccontare i miei interessi ad un giramondo arrivato jeri, e che possiamo benissimo mandar via domani. Mi è bastato di farvi sapere che se voi contenterete mio padre nei giorni di lavoro, dopo domani, che è festa, potrete benissimo contentare anche me, che questa cosa non può andar senza quella, e che se voi riuscirete nell'una e nell'altra, potete star sicuro di mangiare un pezzo alle nostre spalle. Su, da bravo, intanto. Ora ci si vede benissimo.

E si levarono in piedi.

— Vedete questa viottola piena di saliscendi? – sclamò subito la ragazza. – È tanto alta che l'acqua stagna dalle parti e non discende più. Bisogna scavarla di nuovo, non c'è più santi. L'erba e la prima crosta le abbiamo già portate via noi, sei mesi fa, nella speranza di ingrassare il coltivato. Ma per ora, come vedete, non mi sono ingrassata che io. Voi, per il momento, non avete a far altro che passarla quanto è lunga colla vostra vanga, per poi riprincipiare da capo un'altra volta o due, dove gli occhi vi diranno che è più alta, o meno: empirete la vostra carretta di terra, calcandovela sopra fin che avete fiato, e poi via di corsa a ribaltarla in questo fosserello interno che vedete qui. Fu un grande sproposito a farlo, e voi ci rimedierete, empiendolo.

— DA ME SOLO? – domandò l'altro – ponendosi pien di costernazione a guardare in giù a destra e a sinistra, come se fosse stata una Danaide innanzi alla botte.

— Di tanto in tanto verrà qualcuno più pratico di voi a fare il rimanente col badile, ma di più non è possibile perchè mio padre non ha ancora finito di legare le viti, e la carretta deve essere affar vostro. Non capite che è meglio per voi? Aveste un solo compagno e s'incantasse, bella figura che fareste in due! Così invece tanta terra mancherà tanta ne avrete escavata voi, e mio padre, con una occhiata, capirà subito se ci siamo imbattuti in un fannullone o in un brav'uomo. Vediamo piuttosto come vi ci mettete. Impugnate forte quel manico. Più giù la spinta del piede finchè il ferretto della vanga tocchi terra. Là. Così va bene. Alle sette vi manderemo la colazione, e quando sentirete battere mezzogiorno, venite a desinare che è ora. Me ne vado.

E andò. Galeazzo la tenne d'occhio un momento, e quando la vide scantonare del tutto, lasciò cadere la vanga da una parte, tornò a guardare daccapo quel benedetto fosso ch'egli doveva far scomparire dalla carta d'Europa, e poi, battendo forte una palma sull'altra, disse con voce piena di compunzione:

— Oh cara la mia Maria!

PARTE SECONDA
Costantina.

I.

Quell'atto, e più quelle parole ci risparmiano di scendere nell'animo di Galeazzo e di guardare ciò che v'era dentro, allorchè principiò a caricare la gran madre antica nella carretta, e a spingerla innanzi affrettatamente. La prima ora fu molto brusca, molto pesante, ma poi quel gran conforto di poter dire ad ogni momento: «Se mi salta la mosca al naso, non ho a far altro che piantar qui tutto», e il piacere di rinfrescar nella memoria le rimembranze della sua campagna di guerra, durante la quale si era già trovato a lavorar di vanga alle trincee, e sopratutto quella specie di ebbrezza che salta addosso ad un uomo forte, quando è occupato da una gran fatica: ebbrezza che lo invade appena si principia a riscaldare, e non gli dà mai pace nè tregua finchè egli, faticando sempre di più, non le consenta per così dire una escita; ecco le buone ragioni che lo ressero una dopo l'altra, finchè l'ultima, come la più istintiva di tutte, lo colse tanto nel vivo da infervorarlo quasi nell'amor dell'opera.

Dio sa quanto tempo avrebbe durato in quell'ansia quasi febbrile se una voce lontana, con improvviso prorompimento, non avesse gridato a squarciagola: «Salute!»

Era un uomo bruttino anzichenò, il quale stava immobile da più di un quarto d'ora su di una piccola stradella comunale, che serrava intorno da quella parte le terre della Casanova, e chi gli avesse badato, avrebbe capito benissimo che egli sperava di occupare Galeazzo di sè medesimo, senza però mostrare di averne voglia. Ma come questi non vedeva più in là della punta della sua vanga, così l'altro si decise tutto ad un tratto, e diede fuori nel suo sonoro e già menzionato vocativo di «Salute!»

— Io non ho starnutito, – pensò l'amico nostro.

Ma non potè trattenersi dal guardare intorno, e appena s'accorse di quel tale che trinciava l'aria con la mano aperta, gli chiese, accorrendo:

— Dite a me?

— Sì, vi voglio salutare, – rispose quello.

— Addio. Siete di casa?

— No, pur troppo. Ma lavoro anch'io un'altra piccola pezzuola di terra del conte di Buggerate.

— Di chi? – domandò Galeazzo pigliandolo scherzosamente pel coppino.

— È il suo nome. Non ne ho già colpa io, – rispose l'altro, ripetendosi, come quello che era in buona fede, all'usanza di tutti i contadini, quando storpiano i nomi del prossimo. – Vado. Salute!

Galeazzo fece subito il proponimento di non lasciarsi cogliere da nessun altro seccatore, ma la strada era così poco battuta che per un buon tratto di tempo non ci vide più passare anima nata.

— Buon giorno! – gli disse timidamente verso le sette una povera contadinella che arrivava di casa con una sporticina infilata nel braccio: – Vi ho portato la colazione. Ho fatto presto, ma la distanza è grande, e temo che la polenta arrostita non sia più tanto calda. La prendete da voi, o ve la devo tirar fuori io? Ho le mani nette, guardate.

Galeazzo, che aveva ancora la macchina di Giovannona davanti agli occhi, avvertì subito, guardando l'ultima venuta, come non si potessero dare due creature umane più completamente diverse tra di loro. Questa aveva il viso pallido, il corpicino sottile, e lo sguardo altrettanto timido, quanto modesto. Parlava senza gridare, e il suo accento era così mite, così bonaria la espressione del viso, da far escludere fin dal primo momento ogni più lontana manifestazione di petulante arroganza.

Galeazzo tese la palma della mano come per dire che si giovava ben volentieri di lei, ed essa tosto:

— La padrona mi ha dato due peperoni, e una ricotta abbrustolita al forno perchè mangiate o una cosa e l'altra, o quella delle due cose che più vi piaccia. Qual'è?

Nel dubbio astienti, – pensò cogli stoici il povero signore e fu lì lì per dire. Ma poi, per non farsi scorgere, s'attaccò alla ricotta, raccomandando lo stomaco a Gesù.

— Come vi chiamate, bella ragazza?

— Costantina. Son la figlia del bifolco, e son venuta a star qui già da gran tempo. Perchè non bevete?
– aggiunse, facendo passare due dita di acquerello da una bottiglia bianca ad un bicchiere, e ponendo ogni cosa innanzi a lui.

Era uno scellerato beverone che sapeva di muffa, d'aceto, d'agresto, di tutto fuorchè di vino. Un'altro, bevendolo, avrebbe chiuso gli occhi ad uso di chi ingoja una soluzione di sal d'Inghilterra; Galeazzo invece si salvò in un'altra maniera, e Costantina lo vide tracannare sino in fondo collo sguardo inchiodato sopra di lei, senza punto figurarsi che egli tentava così di frenare la rivolta del gusto colla gentile occupazione degli occhi.

Sì che era anche bellina quella povera figliuola! Niente di straordinario, intendiamoci bene, e un po' patita anche se volete, ma colle donne che lavorano la terra non bisogna essere esigenti: faticano troppo da bambine in poi; e quando ci sia la giovinezza, la regolarità dei lineamenti, e soprattutto un viso che dica: «io non ho mai profittato delle lunghe ore quando ero sola colle bestie nei prati, per diventare più egoista, più sfacciata, più burbera di quel che era da bambina», quando ci sia tutto questo, torniamo a dire, e quando vi si aggiunga per eccezione un filo di quella amabilità naturale che non può mai scompagnarsi dalla modestia, oh allora fidatevi, cè n'è anche da buttar via.

Galeazzo, che poteva mettere in fila di veduta queste belle cose, tirò la somma abbastanza contento, e disse:

— Non ho bisogno di farvi sapere che siete molto carina perchè lo saprete da voi. Ma dite un po': siete stata ammalata?

— Perchè mi ritrovo così secca? No, un po' sono nata così, un po' ho avuto dei dispiaceri.

— Me li volete raccontare?

— È una storia lunga. Riportate voi questa roba, – aggiunse come per cambiar discorso, – o debbo aspettar io?

— Fatemi un po' di compagnia. Chi mangia solo, muore solo. Che avete detto questa mattina quando avete saputo che c'era un camerata di più alla Casanova?

— Cosa volevate mai dire? Che il mondo si fa brutto ogni giorno più.

— Perchè?

— E siete voi che me lo domandate? Far tanta strada a piedi e poi aver di grazia di lavorar per niente! E colla vanga, senza averci pratica. Dite la verità: faticherete assai?

— No, non c'è male, per ora.

— Dio voglia che lo possiate dire anche stasera. Ascoltate anzi una cosa. In luogo di spingere innanzi la carretta, come vi ho visto fare poco fa, sarà assai meglio che ve la tiriate dietro, o alla lunga vi dorrebbe il petto. Qui non c'è da salire, e ho inteso ripetere spesso che, abituandosi, viene fatto naturalmente.

— Come siete buona, piccina! Grazie tante. Ma spiegatemi un po' com'è che quell'altra non mi ha detto nulla?

— Chi? Giovannona? Non le sarà venuto in mente, – sclamò la buona figliuola, senza perfidiare sulla dimenticanza della padroncina, e senza rispondere, come avrebbero risposto novantanove contadine su cento, che i padroni pensano al lavoro e non ai lavoratori. – Anzi ve ne voglio dire un'altra. Vedete le vostre mani come sono rosse, come sono asciutte di già?

— È colpa del mestiere. Che ci devo fare?

— No che è colpa vostra. Se voi le bagnaste di quando in quando, stareste meglio subito, e schivereste di star male poi.

Bagnarle!? Come?

— . . . . —

Dio del paradiso! Chi avesse detto due mesi prima a Galeazzo che una giovinetta, per esercitare il suo buon cuore anche con lui, non avrebbe potuto fare nulla di meglio che suggerirgli fraternamente di — basta, s'è già capito.

Fare lo schifiltoso sarebbe stata un'ingratitudine, e ridere una goffaggine. Si contentò di spolverarsi le briciole di dosso mentre saltava in piedi lungo diritto, e lì, battendo le palme come dianzi, di erompere da capo in un secondo:

— Oh cara la mia Maria!

— Ora pro nobis! – rispose Costantina senza la menoma intenzione di burlare, mentre raccoglieva ogni cosa nella sporticina per avviarsi a casa.

Galeazzo non capì nulla e si rimise a vangare, mandando subito ad effetto i due consigli della buona ragazza. Il primo, all'atto pratico, gli parve un po' difficile a seguitare, ma l'altro, oh l'altro si vedeva subito pur troppo che era il gran buon consiglio!

II.

Ora che è mezzogiorno e che l'amico nostro si è già avviato a desinare, conviene che affrontiamo la parte meno spinosa di quella certa questione che i puristi chiamano la fabbrica dell'appetito, nelle sue attinenze coi più poveri contadini della Bassa Lombardia; quella parte cioè che riguarda soltanto la cucina rustica, la cucina locale, o se no ci si casca ogni secondo momento, e noi invece desideriamo di poterci occupare del nostro malcapitato eroe, senza tornar di continuo sulle magre impressioni della sua più magra e pitagorica dieta.

I contadini che non possedono terra del proprio vanno divisi in due grandi categorie: quelli che riescono sempre ad empirsi di robaccia fin che ne possono capire, e quelli, più disgraziati, che vagheggiano la maggior parte di questa medesima robaccia, come se fosse un bel sogno già destinato a dileguar molto spesso.

Ne viene che l'amore della buccolica si fa in tutti di altrettanto più acuto quanto meno possono levarsene la voglia come si deve, e che è assai raro di trovarne uno solo che a cinquant'anni non sia già fermamente persuaso che dopo il mangiar bene e il bever meglio non valga più la pena di cercar altro al mondo. Tutto il rimanente, per essi, o è fatica, e n'hanno d'avanzo; o è fumo d'amore, e tirano su le spalle; o è imaginazione, boria, utopia, e allora per esprimere e le tre cose, e il pochissimo pregio in cui le tengono, ricorrono per far più presto ad una sola figura rettorica; e vi soffiano in viso.

La famiglia di Domenico Gervasi detto Stentone saliva e scendeva da una categoria all'altra secondo gli anni, ma noi fortunatamente ci abbiamo a bazzicare per casa in un'annata relativamente buona. Nelle sue cene e nelle sue colazioni ci siamo già imbattuti per diritto o per traverso; quanto al desinare (salve le domeniche nelle quali appariva qualche fetta dell'unico majale ingrassato anno per anno, e le santissime, cioè le feste dop–pie, che solevano costar la vita ad un pollo tagliato in dodici perchè facesse due volte), a desinare si cascava quasi sempre nei medesimi taglierini fatti in casa, con poche o punto uova nella pasta, con molto o poco lardo nell'acqua, secondochè le galline avevano avuto più o meno il capo a' grilli, e che il suddetto animale domestico s'era trovato l'anno innanzi con molta ciccia o poca. Quanto al pane, volte sì e volte no conforme alle stagioni, ma sempre nero, sempre cotto e biscottato in casa, sempre invisibile a colazione e a cena.

— Venite avanti, bel giovinotto, – sclamò Nunziata, quando il nobile bracciante si affacciò di nuovo alla stessa camera del giorno innanzi. – Vedete? Siamo già a tavola. Un'altra volta farete più presto.

Galeazzo sedette subito davanti alla minestra, additatagli da Giovannona tra sè e Pompeo. Aveva già preso in mano il cucchiajo, allorchè questi fece atto di versargli nella scodella una gran quantità del solito vinetto.

— No, per l'amor di Dio! – sclamò Galeazzo che aveva fiutato la sbobba, e si era già persuaso della necessità di evitare nuovi guai, nuove complicazioni.

Di dove e da quando sia venuta questa moda non si può sapere, ma sta il fatto che nella provincia ora da noi visitata non si mangia mai minestra senza prima annaffiarne una parte con parecchio vino, per cattivo che sia. La fumosa miscela non contenta davvero gli occhi, perchè certamente non potrebbe essere più brutta a vedere di quel che è; ma per chi non possa mai rinvigorire, come i nostri poveri

23

personaggi, con una boccata d'aria fina, e senta però, come essi, il bisogno di rifarsi coi denti spendendo poco, può benissimo, coll'abitudine, diventare una bella cosa. Ora i secoli ci hanno messo mano, e, bella o brutta, non è più un'abitudine per essi, è quasi il primo articolo del diritto delle genti. Galeazzo lasciò sbollire la maraviglia di Pompeo, e voltandosi intorno da tutte le parti, vide subito che, dei cinque della sera innanzi, uno mancava: il vecchio. E chiese a Nunziata:

— Dov'è vostro marito?

— Dov'è mio marito?! Non l'avete incontrato So anch'io che non comparivate mai! Dio sa che strada lunga avrete fatto! È venuto a far vedere il vostro lavoro a uno straccione ben vestito che noi chiamiamo il signor Concomodo, e che fa le parti dell'Illustrissimo contro di noi. Un agente, un mangiapane qualunque, messo qui ad ingrassare senza far nulla da un altro tarlo più grosso che rosica a Milano.

— Tacete, – dissero insieme Giovannona e Peppina. – Sono qui che arrivano.

I due si fermarono nell'andito perchè l'odor di lardo spiaceva molto al signor Concomodo.

Stentone cercava d'inculcare a costui la grandissima necessità di empire il fosserello; sosteneva, appellandosi all'arbitrio d'ogni agricoltore, che era quella un'opera più assai da padrone che non da mezzajuolo, e finalmente si limitava a chiedere che gli si pagasse un secondo uomo per ajutare il suo. E l'altro duro.

— Io mi sono già buscato, – rispondeva, – il danno, il malanno e l'uscio addosso, allorchè ho aderito a stare a mezzo nel nuovo impianto della siepe viva. L'illustrissimo in persona mi ha scritto subito una lettera di fuoco, dove diceva che se gli spendo di mia testa un altro centesimo di suo, mi vuol far vedere che modo di trattare è il mio.

— Io ho scritto questo? – pensò l'Illustrissimo in persona col capo nella scodella.

— E allora, allora come l'aggiustiamo questa volta? – prorompeva Stentone. – Almeno mi dia sei soldi il giorno per dividere la spesa dell'uomo che mi mangia addosso.

— Minchione è nato, e sarà un minchione anche dopo morto, – disse piano la vecchia. – Sei soldi non basterebbero nemmeno per un mezzo bimbo, e li domanda per un mezzo uomo!

— Io non posso far altro, – rispondeva l'agente nell'andarsene, – che scrivere a Milano per avere il permesso. E scriverò.

— Oggi? – domandò Stentone imprudentemente. L'altro si fermò a guardarlo da capo a piedi e poi, con grandissima prosopopea:

— Con comodo! – rispose, pigiando su le parole.

Non lo avesse mai detto! Galeazzo dovette premersi a due mani il fianco per un gran colpo che gli era immediatamente arrivato addosso. Veniva da Pompeo, che gli aveva dato una gomitata per fargli notar bene l'aggiustatezza del soprannome inflitto all'agente.

— Ho sentito, ho sentito da me! – sclamò, forzandosi di sorridere – e me ne terrò a mente fin che campo, non dubitate. O altrimenti voi mi sfondate le coste, amico mio.

Stentone entrò solo subito dopo, con un braccio di muso, e sedette a tavola senza fiatare.

— Non dice nulla! – osservò pianissimo Giovannona al suo vicino. – Buon segno! Vuol dire che è contento di voi.

— Ci ho tanto piacere! – rispose Galeazzo, che si era voltato subito in gran furia verso di lei, per paura di sentirsi richiamare all'attenzione, con una seconda gomitata dall'altra parte.

Intanto il signor Concomodo si era incontrato sul portone colla madre di Peppina, chiamata Genoveffa, la quale si tirava dietro, aggrappato alle sottane, un personaggio abbastanza importante della nostra storia: vale a dire un bambinone grande e grosso ancora vestito da donna.

Genoveffa, prima di entrare, guardò quelli che mangiavano dalla finestra, e Nunziata, che la riconobbe per una delle sue principalissime comari, le gridò dal di dentro:

— Avanti, avanti. Si mangia colla bocca precisamente come in casa vostra. Avanti.

Genoveffa non si fece pregare, ed apparì subito sull'uscio, salutando tutti per nome uno per uno, e dicendo a Galeazzo: «State bene anche voi, chiunque siate!»

Poi, senza far pausa:

— Questa birba di Santello che ha una forza da leone, – disse additando il marmocchio, – mi ha buttato l'asse in mezzo alla cenere, ed ora che è appena lavato non ci si può spianare la pasta sopra. Mi prestate il vostro?

Queste parole erano evidentemente destinate a Nunziata, ma Genoveffa le pronunziò quasi tutte senza mai distogliere lo sguardo dal viso di Galeazzo. Costui se ne avvide prima degli altri, e chiese subito alla sua vicina di tavola:

— Che vuole da me quella donna?

Non ci badate. È una curiosona che avrà saputo del vostro arrivo dalla figliuola, e che è venuta qui con un pretesto per vedere voi.

Ma l'asse era sotto la tovaglia, e però Genoveffa dovette con suo molto soddisfacimento rimanere ad aspettare la fine del pranzo. Se non che il sullodato Santello, dalla forza di leone, non intendeva punto di lasciarla chiacchierare tranquillamente. Ora le tirava le sottane, ora piangeva forte, ora tempestava coi piedi. Finalmente, quando gli uomini si alzarono per andarsene, Genoveffa, pur di rimanere un altro po', sedette impazientita ad una finestra, e lì, presa faticosamente la creatura sulle ginocchia, se la mise al petto. Una creatura di quella dimensione, con più di trenta mesi sulla schiena!

— Lo allattate ancora? – domandò Galeazzo che si era voltato dall'uscio, per rendersi conto dell'improvviso silenzio.

— Altro! – rispose Genoveffa. – Non s'usa così al vostro paese? Tanto peggio. Vedete lì la mia Peppina? L'ho dato anche a lei fin quasi all'ora di mandarla a scuola, e così ho fatto sempre. Eppure, benchè la Santa Vergine mi abbia ajutato due volte, mi ritrovo in casa con Peppina che è una, e con altri quattro maschi che fa cinque. E voi vorreste perchè son vecchiotta che mi fidassi a smettere con questo? No, coll'ajuto di Dio. Se non si stanca lui, glielo voglio dare finchè andrà dall'amorosa. È vero, Santello?

E scosse il capo verso il lattante, il quale intendeva benissimo che si parlava di lui, e seguitava a poppare colla bocca e a ridere cogli occhi allegramente.

III.

Quando il conte arrivò di nuovo al suo posto, lo trovò occupato da un usurpatore che lavorava alacremente col badile in mano. Era un ometto non punto tarchiato, con quello sguardo dimesso dal quale traspare la innocenza dei propositi, e quella tinta gialliccia che viene, coll'avanzar degli anni, dal lungo uso della beata polenta.

— Son venuto, – disse colla lentezza dei più umili contadini, – per dare il declivio ai due lati della terra che avete scavato questa mattina. Sono il bifolco.

— Bravo! – rispose Galeazzo, rallegrandosi nella fiducia di sapere qualche cosa intorno a Costantina. – Conosco già la vostra figliuola. Come vi chiamate?

— Marchino, perchè son piccolo.

E si misero a lavorare in compagnia. Dopo cinque minuti, Marchino, che aveva già quasi finito, si voltò un momento, e addentrandosi di primo colpo nella parte più aspra del solito quesito, chiese come se fosse la più ovvia delle domande:

—— Quanto vale il chilo la farina gialla ora verso Milano?

Il conte di Belgirate non si era mai sognato che tante e poi tante creature umane in Lombardia potessero considerare questo prezzo come un affare, più che importante, urgente. Fino che è basso o che rimane dentro a certi limiti, la quistione agraria, già avviata dal quarantotto in poi, o si ferma, o si fa blanda, o si contenta di mostrare, con certi sussulti parziali, che non dorme affatto; quando invece quel prezzo è alto, e accenna a crescere, allora il conflitto imperversa negli animi, se non in piazza, e

25

la gran quistione si rimette a camminare a furia di scatti, di spintoni e di strappi. Non si può dire che tutto sia lì, perchè gli umori sono già corrotti, e perchè anni sono ci si è anche immischiato il buon volere degli agitatori; ma è certo che per andar avanti là là come Dio vuole bisognerebbe almeno che le cattive annate non venissero mai a scindere così nettamente gli uomini in due: quelli che hanno da mangiare da una parte, quelli che non ne hanno dall'altra.

— Non saprei, – rispose Galeazzo imbarazzato. – Io sono solo, e però mangiavo all'osteria. E qui?

— Venti centesimi, ora, e non c'è male, ma l'anno scorso siamo andati fino a trentatrè. Che anno, Gesù Maria! Quanto a me, m'ingegnerei in ogni modo, perchè la mia paga è tutta in grano ed in vino, ma sono pochi, pochi assai coloro che possono allogarsi con un padrone fisso, ed io medesimo ho di altri guai. Basta, se Dio non ci mette presto la sua mano, si sta poco bene da queste parti, ve lo dico io.

— Perchè?

Perchè siamo troppi e ci vogliamo male. C'è poca religione, ora, e il pane che mangia uno, pare che faccia amarezza a un altro. Io sono in età, e Stentone, per sua grazia, mi vuol tenere ancora, ma se sapeste quante volte lo hanno accerchiato per prendere il mio posto! Sono stato giovine anch'io, ma non mi sono mai lasciato indurre a fare di queste cose, col bisogno che avevo. Cosa volete che vi dica? Sarà colpa del lusso, delle macchine, delle benedette novità che son venute di moda, e che pajono fatte apposta per inasprire la gente. Ma intanto la invidia è seminata, e prospera.

— Povero galantuomo travestito da codino! – pensò l'altro fra di sè. – Tu andrai a finire come l'onesto mendicante che ha riscaldato il capo alla mia Maria, e mercè del quale mi tocca di ribaltare questa carrettata!

E giù. Dio sa quante erano dall'alba in poi!

Avrebbe voluto rispondere qualche cosa ad alta voce, e condurre così pulitamente il suo interlocutore a parlare anche di Costantina, ma ne fu impedito da una donna che veniva verso di loro e che si appressava continuamente. Era Peppina. Aveva Santello in braccio, e gli diceva in tono affettuosissimo, baciandolo più volte:

— Oh il mio tesorone! La mia fontana d'oro! Mi vuoi bene ora perchè sei pieno di latte, porcellino! Ora sì, eh?

E il bimbo a ridere.

— Spicciatevi! – disse Peppina al bifolco. – Pompeo vi vuole perchè è rimasto senza pali.

E faceva atto di tornar indietro con Marchino, che l'aveva obbedita immantinente. Se non che il signor Santello non la intendeva punto così, come poc'anzi. Prima volle essere messo a terra, poi si mise a correre, gridando nel suo dialetto colla pronuncia infantile: «Anom da' t'l'om!» (Andiamo da quell'uomo).

Galeazzo, che amava i bambini, lo ricevette festosamente, pigliandolo sotto le ascelle, e palleggiandolo in alto, come faceva Ettore con Astianatte.

— Vostra madre si è fatta onore, – disse a Peppina nel riporlo a terra. – È un bel bimbo questo!

— Non è mica suo, – rispose la ragazza arrossendo lievemente.

— Come? Lo alleva soltanto?

— Sì. Le era morto un piccino, ed io ho insistito perché prendesse questo dall'ospizio.

— Avete insistito? Come dire che gli volete molto bene? – domandò Galeazzo confrontando attentamente i due visi che aveva davanti.

L'altra posò le mani sulla testa del bimbo, e chinandosi a baciargli i capelli, rispose piano con un accento che non lasciava più dubbio:

— Molto.

— Avete avuto troppa fretta, giovinotta mia! – esclamò Galeazzo con quella smania di sermoneggiare che abbiamo tutti quando ci s'imbatte nel popolo minuto, come se ognuno avvertisse la grande opportunità di assicurare almeno la morale in basso.

— Ne ha colpa Manuello, – rispose Peppina. – Avrei marito da più di tre anni se non era lui. È tanto buono, poverino!

— Chi? Manuello?

— Un'altra di fresca! Piero, il figliuolo maggiore del vostro padrone. S'è principiato a discorrere che avevamo dieci anni, e non ci siamo lasciati mai. La sua prima palanca l'ha spesa per amor mio, e mi ha portato le castagne secche. Dopo siamo cresciuti e... cosa volete? Sono disgrazie che accadono alle persone.

— Disgrazie!! – osservò l'altro col medesimo intendimento di prima.

Peppina credette che questa esclamazione volesse dire che un figliuolo così forte e così sano come Santello non si potesse mai chiamare una disgrazia. E però rispose:

— Capirete anche voi, far cattiva figura non piace a nessuno, e se questo bel mobile di figliuolo avesse avuto un po' di pazienza, egli non ci avrebbe scapitato di nulla. Ma ormai la cosa è vecchia, e questi otto o nove mesi passeranno, voglia o non voglia Manuello! Oh! se passeranno!

Ma non sapevate che c'era la leva, e che i soldati sono più in pericolo degli altri uomini?

— Quante cose si sanno! Me lo dovevate dire allora e non adesso, bella testa che avete anche voi! Guarda che roba! Parliamo di pericoli ora che c'è una creatura di mezzo!

Galeazzo capì di essere andato tropp'oltre e procurò subito di voltare il discorso:

— Brava! Giusto la creatura! Dite un po': com'è che ve l'hanno lasciata se l'avevate messa all'ospizio?

— Da queste parti si può, e mi pagano anche un tanto il mese. Chi volete che lo tenga meglio di noi?

— Ma i vostri genitori cos'hanno detto?

— Mia madre è una donna e mi ha perdonato fin da quando se n'è avveduta; mio padre mi ha fatto piangere, mi ha dato un par di schiaffi, ma poi, cosa volevate che facessero? Io tesso per tutti a casa mia, faccio comodo a tutti, e se alla morte del mio fratellino essi non mi contentavano, me ne andavo via.

Qui Peppina s'interruppe, e scotendo Galeazzo pel braccio, gli disse cambiando tono:

— Ma guardate questo tesorone colla pipa in bocca! Voi non ve ne siete accorto, ve l'ha rubata di tasca! Ora intendo perchè stava così tranquillo. È abituato con mio padre che tiene sempre addosso un po' di pane per lui. Oh la mia gioja d'oro!

E lo riprese in braccio per tornare di corsa dalle lavandaje, con una gran paura di sentirsi dire che aveva indugiato anche troppo.

Galeazzo rimase lì solo a predicare dentro di sè contro le donne

«Leggiere di testa»

e ad accendere la pipa ogni mezz'ora, gratissimo a chi gliela aveva rimessa in mente in una giornata nella quale, faticando troppo e mangiando malissimo, non aveva mai pensato di tirarla fuori.

La pipa! Il sigaro! Pajono cose da nulla, non è vero? Ma perché esercitano essi un così gran fascino sopra tanti uomini? Forse che il piacere della bocca e l'estasi degli occhi ve lo spiegano a sufficienza, cotesto fascino che pare una malia? No, vi è dentro qualche cosa di maggiore del piacere dei sensi, qualche cosa di più alto che i fumatori stessi non sanno chiarir bene, ma che sentono, e sentono tutti. Si direbbe quasi che il fumo, nell'uscire, porti seco, almeno fin che dura, la peggior parte di loro, e che essi, lieti dell'effetto, ci piglino gusto per un dato tempo, senza mai avvertire la causa. Che diamine! I tristi ci sono, è vero, ma nè tutti i buoni sono sempre buoni, nè tutti i tristi sono tristi sempre.

*
*   *

Uno di noi che si fosse trovato la sera nei panni di Galeazzo, avrebbe detto sicuramente:

— Curiosi i filantropi che declamano tanto contro la polenta! È segno che non ne hanno mai mangiata di buona. Oh se sentissero questa! Non va giù da sola? Non è rimenata come si deve? Non diffonde intorno un profumo soavissimo, quasi di vainiglia?

Ma Galeazzo non si era mai occupato di quistioni pubbliche, e più che ai filantropi pensava a rimettersi un po' di fiato in corpo. Che volete canzonare? Tredici ore di quel lavoro, con la giunta del fumo, dell'astinenza e della morale. Pareva un poeta, alla fame!

— Milanese! – disse la vecchia dopo l'ultima foglia d'insalata. – Volete dormire al chiuso da questa notte in poi? Vi posso mettere nel letto del mio soldato. Basta che mi diate una lira il mese per la biancheria.

Giovannona e suo padre si misero a sbuffare. Pensarono entrambi che quella piccola ladreria avrebbe finito in bottega del pizzicagnolo, dove la vecchia l'avrebbe subito barattata in una libbra di caffè per lei.

— Non mi strangolate, – rispose Galeazzo. – Sapete bene che ho pochi denari.

— E voi state al fresco! Anch'io ho poche lenzuola.

Il conte rovesciò il taccuino, e disse:

— Vedete Me ne restano cinque in tutto. A voi. Ma almeno fatemi coricare immediatamente.

— Che dormiglione! – prese a dire Pompeo. – Ancora non v'è venuto voglia di andare all'osteria!

— No davvero. Questa notte nel sacco ho dormito pochissimo.

Nunziata gli fece lume, e lo condusse in uno sgabuzzino del primo piano che dava verso strada:

— Qui starete meglio che sul fienile, – osservò con una certa mellifluità, ponendo in seno la lira di Galeazzo. – Manca un vetro solo alla finestra, ma domani vi incollerò sopra una bella stesa di carta bianca. E gratis! Se sapeste la storia di quel vetro! Me l'ha rotto il compare di Pompeo, il dì del suo battesimo, cioè la bellezza di ventun'anni fa; ma il nostro Illustrissimo, poveretto, ha dieci mani per tirare e nemmeno un dito per ispendere! Ecco le lenzuola! Fiutate, sanno di bucato sì o no? Avete fatto bene a prendermi in parola, caro il mio figliuolo! Volevate buscarvi un reuma, per risparmiare due centesimi il giorno!

Ladra sì, ma esatta no!

IV.

La primavera somiglia ad una bella bambina che si svegli da un momento all'altro. Come questa non istà punto bene se non corre, se non salta, se non si muove almeno, così quella ha bisogno di scuotersi, di spigrirsi, di escire una volta dal suo lungo sonno. L'una si arrabbia e si consola con volubilissima e quasi immediata vicenda, l'altra s'allieta e s'imbruna le tre, le quattro volte il giorno; da una parte, dopo le lagrime, il chiasso e le risate che fanno dimenticare ogni cosa, dall'altra la pioggerella minuta, il sole che irradia, e il vento che tutto rinnova. Gran cara cosa la primavera! Gran cara creatura, una bella bambina!

Ma entrambi, ahimè, possono alquanto infastidire all'atto pratico! Lasciamo in pace la bambina che ora non ci ha che fare, ma chi di voi, o lettori, bistrattato a precipizio e dal freddo e dal caldo, e dalla pioggia e dal vento, non abbia mai mandato a quel paese la molle primavera dai tiepidi fiati e dai rugiadosi albori, come dicono i poeti? Sono rugiade che noi, in lingua povera, dobbiamo talvolta chiamar acquazzoni, son tepori di fornace, sono ameni zeffiretti partiti dal polo. Insomma una delizia, e noi ce ne accorgeremo subito: cioè nel secondo giorno della brevissima scampagnata nostra: un giorno intero che passeremo quasi tutto in compagnia di Costantina, la quale attendeva a scorciare il frumento, con Galeazzo a lato.

Come mai costui aveva potuto ritrovarsi a lavorare accanto a Costantina?

Tutto merito della sua fortuna. Stentone, di mattinata, invece di buon giorno, gli aveva gridato come ad un sordo a tre palmi di distanza:

— Sempre con comodo, sempre con comodo! Glielo darò io il comodo! Intanto aspetteremo la risposta dell'illustrissimo! E voi venite da un'altra parte!

Con un caporal tedesco di quella forza, il nostro amico non poteva far altro che lavorare e tacere, e appena appena aveva scambiato quattro parole col mezzajuolo, per farsi mostrare, dal bel principio, come valersi del falcetto, senza correre il rischio di far sanguinare le dita. Ma verso le dieci, Stentone dovette correre ad imbandire il desinare ai bovi, e così Galeazzo e Costantina si ritrovarono di nuovo soli davanti a Dio.

Quegli non ne poteva più. Si era alzato il mattino colle ossa peste, ed avea creduto che il mutar posizione da capo a piedi gli avesse fatto un gran bene, ma poi quello star giù inchiodato per tante ore di seguito, gli aveva nuociuto anche più, e già il sangue gli inviava ogni momento delle fiammate al capo. La schiena poi se la sentiva come tagliata in due, ed ora se la batteva col manico del falcetto, ora, per stirarsela, si rizzava di scatto, puntando le mani sulle anche. Finalmente si decise, e levatasi la giacca, la mandò di volo nella vicina viottola.

— Non fate bestialità! – esclamò subito Costantina. – Vedete quel rosso acceso, là, dalla parte del tramonto? Quello è tutto vento che sta per arrivare. Se vi coglie all'improvviso così sudato e spoglio, ne piangerete almeno per una settimana.

— Ma come si fa a resistere con questo sfacciato sole? – domandò Galeazzo, obbedendo immediatamente.

— Si porta pazienza. Il mestiere del contadino è fatto così.

E tacquero. Dopo venti minuti a dir assai, il fatto principiò a mettere la ragazza dalla parte della ragione.

— Vedete? – domandò subito costei.

— Vedo e sento, – rispose Galeazzo abbottonandosi fino al collo. – Ma io non mi sono mai imbattuto in una cosa eguale. Qui abbasso un'ariettina che ci taglia il viso, e in alto una spera di sollione che ci brucia vivi. Tutto insieme. C'è da prendere una malattia.

— Seguitate a muovervi chè non vi farà nulla. Chi lavora al chiuso non se ne avvede, ma la primavera ha sempre di queste giornate, all'aria aperta.

— Come mai, – domandò egli mentre s'affrettavano entrambi, – avete di già tanta esperienza, voi così giovane?

— Pur troppo che l'ho. Mi è morta la mamma, ho dovuto farmi tornare a mente quel che mi diceva lei, quando io era bambina.

— È molto tempo?

— Tre anni a Natale. D'allora in poi non ho avuto più bene.

— Anche vostro padre mi ha già detto di avere molti dispiaceri.

— Lo credo. Due figli fuori di casa, con moglie e bambini tutti due, e costretti per giunta a lasciar la famiglia dal dì degli Ognissanti in poi, e a cercar lavoro in Francia, sulle ferrovie. L'inverno passato sono rimasti qui, ma la stagione è andata male, la polenta valeva tant'oro, e mio padre ha dovuto indebitarsi per ajutarli. S'è patito tutti, ed ora si continua, lui ed io, per pagare il padrone. Figuratevi che gli deve nove sacchi di grano.

— Quanti ne prende?

— Dodici l'anno. Eppure, se non ci fossi io di mezzo, mio padre, poveretto, sarebbe già escito di pena.

— Se non ci foste voi!

— Sì. Egli ha il suo buon nome, e c'è una vedova, con un campetto di suo, che lo sposerebbe molto volentieri.

— Alla sua età!

— Perchè no? Noi contadini, o bene o male, ci sposiamo anche più vecchi, perchè nessuno vuole star solo. Ma la vedova esige prima che me ne vada io. Non ha mica torto. C'è appena posto per una donna sola, in casa di mio padre.

— E se i vecchi si sposano, avete detto, voi bella e giovane vorreste darmi ad intendere di non potervi sposare?

— Io sono sfortunata, – rispose Costantina con la massima semplicità. – Ma ho già deciso, e quest'agosto, dopo l'aja, vado in città a servire. Noi di queste parti troviamo facilmente perchè siamo abituati a faticare molto, ed a mangiare male.

Il vento aumentava, e il grido di un uomo, arrivando all'improvviso, pareva a due passi, benchè lontano di molto. Era il semplicione del giorno innanzi.

— Addio, addio! – rispose Costantina, senza scostarsi menomamente.

— Che seccatore! – prese a dire Galeazzo. – Jeri l'ha fatta anche a me.

— Bisogna compatirlo, – rispose la ragazza. – È un povero cristiano mal imbarcato che si conforta salutando tutti. Sono io che non mi posso confortare in nessun modo.

Qui Galeazzo trattenne a stento un gran «perchè» netto e sonoro che gli correva alle labbra, ma non valse a trattenere nè gli occhi nè il capo, e la sua domanda ne emerse altrettanto esplicita ed impaziente.

— Ora è tardi, – rispose Costantina, – e ve lo dirò dopo desinare se saremo soli. Voi mi parete una buona persona, e ho piacere anch'io di sfogarmi con qualcuno. Con mio padre non posso, perchè egli aveva già preveduto quello che mi accade fin dal primo momento. Batte mezzogiorno. Camminiamo presto, chè il vento infuria.

— E se non cessa, torneremo qui egualmente'

— Sì. Fin che non piove, noi contadini non smettiamo mai di lavorare.

— E pioverà?

— Non credo. È un vento bono. Così pulisse la testa di chi so io!

V.

— La più gran disgrazia che possa capitare ad una ragazza, – principiò Costantina verso il tocco, – è quella di mettere il core in un uomo più ricco o meno povero di lei. Anche prima che mio padre mi ponesse in avvertenza mattina e sera, me lo dicevo da me, e ho resistito, credetelo, più assai che non era da aspettarsi e dalla mia età, e dal bisogno che abbiamo tutti di voler bene a qualcuno. Gli ho detto cento mila volte: «Lasciatemi in pace. Io non sono una pari vostra, e se andremo a finire male, tutti diranno che non si poteva finire altrimenti. Non è assai meglio dircelo prima? Voi vi metterete in capo che io vi abbia dato retta perchè vi trovate con qualche pajo di buoi al mondo, e se anche questo pensiero non vi verrà da voi, son sicura che salterà fuori in bocca agli altri, e, o per diritto o per traverso, vi parrà vero ogni giorno più. Allora, felice notte, avremo tribolato per nulla tutti due, colla differenza che voi, uomo ed abbastanza provveduto, imbatterete subito in dieci ragazze pronte a prendere il mio posto, mentre io, donna, e con null'altro al mondo che un po' di fiato per respirare, sarò mostrata a dito per una cenciosa, ben castigata della sua ambizione. Chi volete che mi sposi volentieri allora? Qualche scarto, forse». Avevo torto? – concluse con altra tono, voltandosi un momento a guardare Galeazzo.

— Tortissimo! – rispose questi. – Non è lecito ad una donna di avere più buona testa che non abbiano gli uomini.

— La mia buona testa mi ha giovato poco, – ripigliò Costantina sorridendo modestamente. – Ho detto, ho detto, e poi ho fatto come fanno tutte, e mi sono lasciata dire, ho lasciato dire mio padre, avrei lasciato dire mezzo mondo, e addio quiete, addio pace da due anni in qua. In principio s'è avuto da leticare con la famiglia di lui, che voleva e non voleva per cento ragioni che è inutile riandare, ma dopo un mese o due, visto e considerato che io era una povera bracciante, e che non poteva avere l'aria e le pretese di una donna della loro condizione, ragionarono tutti ad un modo, e dissero: «O lui, così giovine, si deciderà a piantarla, e allora meglio, perchè intanto si guadagna tempo, o alla peggio la vuol pigliar davvero, e pazienza: Costantina è umile, e con lei non ci sarà bisogna di far complimenti. Non ci ha sempre obbedito da bambina in poi?» Queste furono le precise parole di Giovannona, l'ultima a dir di sì.

— Ma dunque, – sclamò Galeazzo con repressa rammarico, – voi fate all'amore col vostro padroncino
— Lo sapete ora? L'ho nominato più di una volta, mi pare.

— Andate pure avanti, – rispose Galeazzo guardandosi bene dal contradirla, ed osservando, con pochissimo compiacimento, che fitta puntura di cuore, anzi che po' di cotta doveva essere quella della buona ragazza.

— Durante questi discorsi, – ripigliò Costantina pregandolo di stare più attento, – siamo andati avanti abbastanza bene. Pompeo giocava e beveva troppo anche allora, ma era assai giovine, pareva in buona fede, diceva sempre che a carnevale saremmo stati marito e moglie, ed io zitta, sempre zitta! Capirete bene; come si fa a dire al figliuolo del vostro padrone: «Pompeo, tu spendi troppo, e tu lavori poco?» Se ne son visti tanti che da ragazzi hanno fatto peggio di lui, e che dopo, subito che si trovarono con la moglie accanto, hanno mutato da così a così.

Costantina, mentre parlava, tese il braccio destro colla mano aperta, e voltò l'uno e l'altra subitaneamente.

Che aria fredda! Che sole caldo! Galeazzo non sentiva più nulla, nemmeno, il tumultuoso romoreggiare del ventaccio asciutto, ed egli non avrebbe dato le confidenze di Costantina per quelle di tutte le marchese e di tutte le contesse con le quali si era accapigliato da bambino, e che non aveva mai perduto di vista da trent'anni in poi. Questo non vuol dire che le avventure della figlia del bifolco non fossero (almeno per ora) già capitate a moltissime creature umane, ma essa parlava in un modo così suo, così personale, così conforme al genere dei luoghi; ma essa dimostrava con tanta evidenza come si possa rimanere e buoni e semplici e sinceri senza diventare per questo niente affatto stupidi, che tutti noi, dal primo all'ultimo, saremmo stati volentieri ad ascoltarla, come ci stava Galeazzo.

— L'amore di Pompeo, – seguitò a dire Costantina, – era un amore fatto di vento, come quello che soffia adesso. Molta furia sul principio, molto strepito di quando in quando, una buona parola oggi, una buona baruffa domani, e così per un pezzo fin che gli passò anche la voglia di farsi vivo, litigando. È in collera ora? È in pace? Non lo so, e forse non lo saprà neanche lui. Il suo core è rimasto come rimarrà al cadere del sole la campagna che ci sta d'intorno. Tale e quale di prima. Chi è in collera davvero, son io, e si vede, perchè m'arrabbio anche a parlarne con voi che non ne avete colpa. Sono indignata, sono indignata, come è vero Dio!

Ci doveva esser sotto qualche cosa di grosso. La indifferenza di Pompeo non bastava a dar ragione di quelle ripetute e concitate parole.

— Venne il primo carnevale, – seguitò Costantina, riprendendo con tono piu dimesso il filo del suo racconto. – I suoi parenti si erano quietati, non c'erano più scuse, il momento era venuto... di che? Di quietarsi anche lui, di barattarmi le carte in mano. Col pretesto che mi vedeva dalla mattina alla sera, Pompeo principiò giusto allora a non ricondurmi più a casa dopo la benedizione, principiò giusto allora a stare le tre, le quattro feste senza farmi un minuto di compagnia davanti alla porta, e quando io lo pregava a mani giunte di mettermi in libertà lì su due piedi, di andare addirittura da un'altra piuttosto che burlarsi di me in quella maniera, allora, allora soltanto sapeva dirmi che mi voleva bene, che aveva buone ragioni per tirare in lungo, e che non mi avrebbe mai lasciato a nessun costo. Ed io a credergli, povera minchiona!

Due grossi lagrimoni le rigarono le guance. Costantina cacciò in furia tutta l'erba che aveva raccolta in mano dentro alla bisaccia di tela che le pendeva espressamente a fianco, ed asciugandosi il viso colla manica della camicia, seguitò a dire:

— Questa bella vita durò un anno, cioè fino al secondo carnevale, l'ultimo passato. Sempre giù neve, sempre giù acqua, nessuno poteva lavorare in campagna, e Pompeo era quasi costretto a stare con me più assai che non fosse mai stato. Se io filavo alla stalla con le sue donne e con quelle di Genoveffa, egli compariva spessissimo a parlarmi nell'orecchio per ore intere.; se andavo a casa a far la polenta, eccotelo lì seduto su d'una sedia, come un vero fidanzato che non potesse stare a lungo senza di me. Io mi confortavo assai vedendolo così mutato da un momento all'altro, ma ciò non ostante non mi sapevo mai decidere a fargli osservare che gran tempo e che gran comodo avevamo allora di sposarci non una volta, ma due. Questa idea così evidente, così naturale doveva venire per forza anche a lui, e volevo lasciargli il merito di esibirmela spontaneamente. Sapete invece che idea gli venne?

— La posso indovinare, – rispose Galeazzo, il quale, parlando con Costantina, non si sapeva indurre a svestire del tutto il gentiluomo.

— Meglio così. Quello che ho sofferto ve lo potrebbe dire l'anima di mia madre, lei che mi ha ajutato, lei che ha pregato per me. Voler bene ad un uomo con tutta la sincerità del core, e dopo tanto tempo non ritrovargli in petto che un desiderio solo: quello di umiliarmi in eterno, presa od abbandonata che mi avesse poi. L'offesa era grande per sè sola, non è vero? Eppure egli ha trovato modo di renderla più grande ancora colle sue giustificazioni: mi disse che non voleva fare il torto al fratello maggiore di sposarsi prima di lui, che almeno gli conveniva di aspettare che si accasasse la sorella, nel qual caso era molto probabile che ci volesse un'altra donna in casa; che altrimenti rischiavamo di consumare mezza la gioventù senza goder mai nulla, e che per ultimo noi eravamo già così legati l'un l'altra, che nemmeno il dover vivere tuttora in due case non era più bastante ragione perchè egli non fosse il marito ed io la moglie. Mi è parso che mi si schiantasse l'anima dentro di me, e gliene ho dette tante e poi tante, che solamente a ripensarci mi si ferma il core. Avesse inveito, mi avesse anche messo le mani addosso, pazienza, io potevo sperare di aver esagerato, ma nulla, nulla di nulla! Avevo côlto così nel segno che egli, per non disturbarsi a rispondere, si era messo a guardarmi tra lo stupito e il sorridente, come se avesse voluto dire: «In fede mia, bambina, che ti credevo più bonaria assai!» Bonaria io Non tanto di certo da non capire che bella soddisfazione debba essere per una ragazza quella di sposare un uomo che non la possa più rispettare.

— A uso di Peppina! – interruppe Galeazzo, ammiccando degli occhi verso la corte.

— È un'altra cosa. Peppina ha cominciato a discorrere che era alta così, ed io invece, due anni fa, ero più grossa di quel che sono adesso. Ma dite un po': siete il confessore della comunità, voi che sapete ogni cosa appena arrivato l

— No... ma ho un certo viso da uomo discreto, che tutti mi si confidano volentieri.

— Bella discrezione! Tirare subito Peppina in ballo! Chi ve l'ha dettol

— Lei. E ho capito benissimo che il suo Piero non ha nulla che fare col vostro Pompeo.

— Ci corre come dal giorno alla notte, lo so anch'io pur troppo! E nonostante, cosa vi ho da dire? Noi non ci parliamo più da quella volta in poi; se egli principia, io taccio, e se mi guarda, mi volto da un'altra parte. Eppure... è inutile, mi vergogno a dirlo.

— Gli volete bene ancora?

— Per forza! Ed appunto per questo voglio levarmelo dagli occhi, andando via. Altrimenti, così stregata come sono, capisco benissimo che un giorno o l'altro gli perdonerei.

Povera ragazza! La sua disgrazia era stata d'imbattere così poco bene la prima volta; ma ora, chi ne aveva colpa, dopo due anni di quella vita? Va bene che era una contadina, ma non era poi di legno nemmeno lei!

Siamo già alla domenica: una giornata che ci darà molto da fare dal tocco in là, e che non pertanto andò assai liscia fino a quell'ora. Nunziata, con la sua ghigna di usuraja, metà carezzevole metà ferina, domandò all'alba al Milanese se egli soleva mangiare tutti i giorni, nel qual caso, per non beccarsi la paga ad ufo, qualche cosa avrebbe dovuto fare anche la festa. E lo mise a tendere moltissimi canapi destinati a reggere il bucato al sole.

Armeggia e tira da una parte, sali e scendi dall'altra, Galeazzo si tolse d'impiccio con suo grandissimo onore, tra gli applausi di tutte le donne, troppo abituate a ben altri uomini, e che però non ne avevano mai visto uno solo nè così agile nè così destro. Il male fu che ci pigliò gusto anche lui, come quello a cui garbava più assai di stendere liberamente le braccia in qua ed in là, che non di ritrovarsele appiccicate ai fianchi con quella morte del falcetto in mano, e che però, movendosi anche troppo, non s'avvide che i due davanti della sua camicia di tela bambagina gli si andavano socchiudendo ogni momento più.

Peppina, meno smaniosa delle altre che ogni filza di stoppaccio pigliasse tutto quel sole che pigliar potea, guizzò la prima cogli occhi dentro al petto del conte, e piantandoglisi davanti come per fermarlo, gli aperse a due mani tutto lo spa–rato, e disse:

— Maria Vergine, che pelle bianca!

Buono che Giovannona, senza volerlo, ci mise una toppa, chè altrimenti Galeazzo, preso alla sprovvista, si sarebbe forse tradito, o con le troppe giustificazioni, o con l'impacciato silenzio. E quella invece come cosa naturalissima:

— L'avrà cambiata, – disse, – o l'avrà sempre avuta così. Vuoi che un cittadino ammuffito al chiuso, abbia la pelle sudicia come te, cotta dal sole? Scuoti meglio quella tovaglia, fannullona, piuttosto che guardare in seno agli uomini. Guarda il tuo, se non vuoi altro:

— Ma il mio è di donna, crederei.

— Sì? Non pare.

Così, bel bello, le dieci arrivarono senza far complimenti. Galeazzo, per secondare le sue simpatie, e colla scusa che i padroni debbono star da padroni, e i servitori da servitori, chiese a Giovannona di unirsi a Costantina per andare a Messa, e quella subito, con un'occhiata appuntita che gli traversò l'anima come una spada:

— Venite con me, – proruppe a bassa voce. – Il segno sta battendo, e non passeranno due minuti che già le strade saran tutte vuote. Così parleremo liberamente.

— Di che?

— Di quel che voglio da voi, oggi che è festa. Ve ne siete già dimenticato?

— No, ma così subito non me l'aspettavo, e dopopranzo, credevo di potere, che so io, andare un po' a girare, o scrivere una lettera.

— A chi? A vostra cugina ora che l'avete piantata? Ebbene, qui non c'è posta, e dove vi mando a passeggiare, c'è. La scriverete là!

E gli raccontò, parlando presto e camminando adagio, tutta la sua storia, ingiungendogli poscia di andare al paese di Niccolino, quando appunto costui sarebbe probabilmente venuto a discorrere con lei; di cercarvi in suo nome, cioè in nome di Giovannina Gervasi detta Giovannona, di quel signor Parroco e della madre del mediatore, di tastar bene il polso ad entrambi, e di venire indietro colla risposta.

Galeazzo faceva di tutto per stare in contegno, ma egualmente doveva mordersi le labbra, per paura di peggio.

— Voi ridereste volentieri, se non sbaglio.

— No, cioè sì, – rispose, dando fuori improvvisamente. – Che volete? Sarà colpa della mia testa, ma pure ci sono due cose che io non posso farci stare insieme.

— Quali?

— L'amore... e voi.

Qui se non volò un ceffone fu un vero miracolo di Dio.

— Perchè son grossa di corpo? Ma ho altrettanta anima, sapete! E ve lo proverei subito, se questa non fosse una strada pubblica, e se io, per mia disgrazia, non avessi bisogno di voi.

Bella argomentazione! La smania di andar a star molto meglio, la gran paura di aver fatto un buco nell'acqua, e soprattutto la sua prontissima disposizione a dimostrare, coi pugni, la molta forza dei suoi propri affetti, ecco l'amore, secondo lei, o almeno ecco quel che ci voleva perchè una donna e si credesse e potesse farsi credere innamorata morta.

Galeazzo si guardò bene dal rimetterla al punto, ed arrivarono in piazza.

Adagio con questa piazza, perchè è un modo di dire. La chiesa in mezzo, neanche un'anima in giro, molt'erba in terra, una siepe da un lato, alcune bottegucce qua e là e, meno piccola di tutte, quella ove Nunziata comperava il caffè, Stentone il sale, Peppina la carta per iscrivere al suo Piero, e Genoveffa un po' di pane per contentare il bimbo.

Giovannona l'additò al suo compagno e disse:

Non conviene che entriamo in chiesa insieme. Vado là dentro a comperare un sigaro per regalarvelo stasera quando sarete tornato. E da bravo, – concluse con quanta morbidezza potè mettere da un momento all'altro nel suo tono di voce, – non principiate così presto a girarmi nel manico. Io vi ho già fatto del bene, e ve ne voglio fare dell'altro, ma gratis no, tenetevelo a mente.

*

*   *

Si va in chiesa anche noi?

Fosse ora di benedizione, volentieri, s'udrebbe cantare qualche cosa a popolo, cioè molto meglio di quello che canterebbero, una alla volta, le mille voci che lo compongono; ma di mattina, e senza aver avuto, come quelle ragazze, la precauzione di portar con noi una piccola manata di timo, ci s'avvedrebbe, appena entrati, che c'è troppa gente. Dunque è meglio non farne nulla, confortandoci della privazione mercè del fatto che i coristi non erano che cinque, tutti contadini, tutti dilettanti, e che rispondevano a orecchio, per devozione.

Il nostro amico uscì tra i primi a Messa finita, dopo di aver avuto campo di osservare la compunzione gesuitica di molte donne sul fare di Nunziata, la pietà sincera di alcuni vecchi, del genere di Stentone e di Marchino, e il contegno quasi sguajato di alcuni giovinotti, non di molto dissimili dal gran Pompeo.

Discesero tutti a mucchi nella piazza e subito, come per volontaria segregazione, i due sessi principiarono a dividersi, e a mettersi in cammino ognuno per conto suo. Le mogli andavano con le mogli, e i mariti coi mariti, perchè, a stare insieme anche di giorno fuori di casa, sarebbero stati messi in ridicolo come altrettante caricature che non si contentavano di tutta la notte. I giovani e le ragazze, alla loro volta, si ponevano a schiere di cinque o di sei, liberissimi però tutti ed ognuno di piantare i compagni e le compagne alla prima svolta e di fare il rimanente della strada a due per due, cosa illecita lì presso la chiesa.

Ma era ben lecito alle ragazze di voltarsi indietro a guardare Galeazzo da capo a piedi, come se egli fosse stato una bella donnina, ed esse un gruppo di bersaglieri appena esciti dalla caserma. Ci ponevano malizia? No, probabilmente. Erano donne piuttosto brutte e piuttosto mal educate che pretendevano di avere gli occhi per guardare prima di ogni altra cosa gli uomini belli, e che però guardavano il nostro eroe assai volentieri, dibattendo a bassa voce le loro particolari impressioni: una non aveva mai visto due baffi così lunghi, un'altra li aveva in uggia e potendo li avrebbe fatti tagliare;

34

queste due, lunghe e magre, si aspettavano di meglio, e quelle sei, piccole e grasse, ammettevano concordemente di avere preveduto peggio.

Ma tutti, anche gli uomini, si aspettavano e prevedevano qualche cosa, perchè Peppina, Genoveffa e Pompeo, colle loro chiacchiere, avevano già levato a rumore tutta Coronaverde. Galeazzo, per loro merito, non era più, come quando chiedeva della strada in viaggio, un povero ed ignoto passeggero, del quale non metteva conto di occuparsi troppo; no, ora si sapeva tanto bere chi esso era che guai a parlar d'altro per tutta la festa: era uno scarto di stamperia venuto lì a provare, per disperazione, come sappia di sale il pan del contadino; i giovinotti lo guardavano di sotto in su perchè il giubbone e gli stivalacci a tromba gli dicevano tanto bene che pareva impossibile; gli affittuari se la pigliavano col povero Stentone perchè la bazza era toccata a lui, e i braccianti, un po' sul serio un po' da burla, sciamavano tra di loro che se avessero potuto scegliere fra un invito a nozze e una bella occasione di legnare il Milanese, sarebbero stati (carini!) in gran perplessità. Ci s'intende che i più mordaci di tutti erano quelli appunto che avevano meno voglia di lavorare degli altri.

Immaginatevi quell'uomo comodo di Galeazzo, allorchè dovette capire che tutta quella gente non s'occupava d'altri che di lui. Gli avrebbe dato a' nervi da per tutto, ma a Coronaverde sotto mentite spoglie, e con tre fette di polenta in corpo, altro che nervi!

Si mise a fare certi passoni più lunghi di lui, e non rallentò che vicino a casa, per tener dietro a Costantina, rimasta sola:

— Ecco, – pensò, – una creatura che andrebbe bene a me! È sincera, è tranquilla, è ragionevole, io mi contenterei! Sissignore che Domeneddio, invece di farla nascere a Milano, in una casa sul genere della mia, la mette qui a struggersi d'amore per un Pompeo, e getta me tra le braccia di una testa bruciata, di una originale, che avrà forse letto il titolo, niente più del titolo, del primo romanzo di Nievo, e che mi manda qui a fare questa bella figura. Almeno il conte del povero Ippolito era nato pecorajo davvero! Basta... Oh che vita, cara la mia Maria!

Questa chiusa, come accade spesso nei soliloqui, fu pronunziata forte, e Costantina, che udì la voce di Galeazzo, si voltò indietro e gli domandò, sorridendo amabilmente:

— Avete pregato per me?

— No, per dire la verità.

— Ricordatevene un'altra volta.

— Credete che io abbia meriti così grandi innanzi a Dio, da potermi permettere di pregare per gli altri?

— Perchè no? Un uomo così giovane, e così devoto della Santa Vergine, io non l'ho mai visto. La invocate sempre. Anche or ora. V'ho udito io.

— Ebbene, mi proverò, – rispose Galeazzo, senza chiarire l'equivoco, e vergognandosi un pochino che una buona giovinetta lo tenesse forse per migliore di lei.

*

*   *

Ma qui è tempo di aprire un molto aristocratico

INTERMEZZO.

I

È una gran cosa il gusto che si pigliano certe persone di arruffare tutte le cose, e le difficili massimamente!

La contessa Maria da Breno – donna gentile,che nel bel numero contava per due – non prese niente affatto volentieri la subitanea sparizione di suo cugino, prova ne sia che il giorno seguente (anche per gradire ad una giovane marchesina, che stava per avere assai bisogno di una bàlia) bruciò le sue navi e scrisse a Galeazzo:

«Eccoti le tue prime 8 lire e 30 centesimi, ma bada che vengo anch'io alla Casanova, e tu penserai a non farti scorgere, e a vedermi in volto senza dirmi addio. Così imparerai a partire come un fuggiasco, senza procurarti la giusta soddisfazione di salutare una Signora contenta di te.
«MARIA».

Ma ormai è inutile parlare del suo viaggio perchè è già arrivata, e gli uomini e le donne della Casanova si affollano intorno alla sua carrozza per ajutarla a scendere.

— Guarda chi si vede! La Illustrissima della Brena che è tornata a trovarci come ha promesso! Povera signora! È ancora vestita a bruno per la buon'anima del conte! Ma! Ecco la sorte di noi povere donne! Prendere un marito per volergli bene e poi restar così! – sclamava Nunziata, allungando il collo per baciarla in volto.

Maria che aveva, come tutti i veri patrizi, un certo debole per i contadini, e pochissima simpatia per i borghesi rifatti, rese ben volentieri i baci della vecchia, e ne offerse di sua posta alle due giovani. E quella subito, pigliandola per la vita come se fosse stata una sua figliuola, e conducendola a sedere nell'andito:

— Venga, venga. Che le posso favorire Un po' di latte caldo? Due uova a bere appena fatte? Un caffè? Dica, dica, non faccia complimenti, e gradisca il buon core, per l'amor di Dio!

Maria bevette grosso, e la cordialità di quella donna le parve così genuina e munta di fresco quant'era il latte.

— Guardi mio marito che non si muove! Eppure sta bene in gambe, non è vero? Non gli è ancora venuto in mente di portare un po' d'avena ai cavalli! E il mio figliuolo che non offre un bicchier di vino ai servitori! Dio, Dio, se non ci fossi io in questa casa!

Stentone e Pompeo partirono al trotto, e l'andito s'empì della accorsa intera famiglia di Genoveffa, e di tutti i bipedi implumi del vicinato. Maria, che aveva girato gli occhi intorno più volte in cerca di suo cugino, tese di nuovo la mano a Giovannona e se la trasse accanto. Parevano Proserpina e Pomona.

— State bene voi, perchè si vede. Vi trovo ingrassata di molto dall'ultima volta che ci siamo viste.

— Tutta fatica dei miei denti, signora contessa.

— Eh, cara mia, i denti hanno un bel dire, ma se l'amore vi desse da fare sul serio!...

E due! Giovannona avrebbe dato volentieri un bel pajo delle sue più belle lenzuola inoperose per poter rispondere che anche la signora contessa, con tutto che le fosse morto il marito, non istava male davvero; ma la lingua di sua madre le venne in ajuto, una volta per disgrazia, ed essa crollò mestamente il capo senza dir nulla, come fanno le signore, quando un capo scarico si piglia il gusto di sostenere che non hanno cuore.

— È un pezzo che non vede il nostro Illustrissimo? – aveva chiesto Nunziata.

— Cinque o sei giorni al più.

— Come stava?

— Benone.

36

— Che s'abbia proprio a morire senza vederlo, noi che si vive del suo pane da tanto tempo? Eppure, se venisse, sarebbe meglio anche per il suo fondo. Una volta o l'altra la casa ci crolla addosso!

— Davvero?

— Non crollerà precisamente perchè il signor segretario ce l'ha empita di tanti puntelli, che a momenti non sappiamo più da che parte rigirarci, come Ella vede (ce n'era uno in tutto), ma pure qui a terreno non mi accade mai di segnarmi così spesso come al primo piano. Basta, la prima volta che guadagno un terno al lotto, prendo su mio marito e i miei figliuoli, e si va tutti a vedere se c'è modo di baciar le mani all'Illustrissimo.

Come non aver caldo con tanti fiati intorno? Maria si alzò in piedi per levarsi un po' di roba di dosso, e chi avesse badato alle facce e alle chiacchiere delle donne circostanti, avrebbe avvertito una volta di più che tutto è relativo a questo mondo, anche l'invidia. Le ragazze si tenevano a due per due, colle braccia appoggiate vicendevolmente sulle spalle delle compagne, e guardavano, guardavano con gli occhi lucenti di beatitudine le belle vesti della signora contessa, e una sarta ne faceva notare il taglio elegantissimo, e Peppina domandava forte a sè medesima quali erano le dita sante che avevano potuto ordire un tessuto così leggero e così consistente come era quello della mantiglia, e una cucitrice aveva spôrto le mani per raccogliere il cappellino come se avesse avuto in deposito la misericordia di Dio.

— Beata lei che può! - dicevano tutte sommessamente. - E con quanta cortesia si lascia guardare da noi altre povere meschine, più vestite di miseria che di panni!

Oh se la danarosa pizzicagnola, oh se l'agiata mogliera dell'oste avessero osato di farsi vedere in piazza colla decima parte di quel lusso intorno, che bisbiglio, che mormorio, che vociferazione di basse contumelie! L'invidia è una mala pianta condannata a non adergersi che poco più su delle radici sue, e guai al mondo se potesse intristire dove, aduggiando, bene o male arriva! Per questo i viaggiatori di terza classe si compiacciono talvolta nel vedere come si deve star bene in una carrozza di prima, e quella che più guardano in cagnesco potete star sicuri che è una di seconda! Povera umanità, fanno così anche i cani! Il piccolo ha una rabbia da non dire contro il mezzano, e si torce tutto da capo a coda, tremolando d'ammirazione, per riverire ed ingraziarsi il grosso! Che differenza da cane a cane! Quasi altrettanta da uomo a uomo!

Maria cominciava ad essere sulle spine. Non poteva chiedere di Galeazzo, e non sapeva capacitarsi come mai non si fosse ancora lasciato vedere. Che l'avesse canzonata? Impossibile! Un gentiluomo non canzona una signora. Che temesse di dover mostrare un qualche turbamento nel vedere lei? Non era poi un bambino, e s'eran lasciati da così poco tempo! Dunque che fare? «Aspettare un altro po', – concluse fra sè e sè, – e poi, se egli non mi comparirà spontaneamente innanzi, condurre con garbo il discorso sui braccianti della Casanova, domandare quanti sono, quanto guadagnano, dove stanno, ecc. Son cugina del padrone, e ce l'ho anch'io un fondo da queste parti, dunque nessuna maraviglia se faccio lega coi mezzajuoli, e se m'informo di queste cose a scapito dei braccianti, come è probabile che facciano la più parte dei padroni».

Tornò a sedere a capo scoperto, e disse alla vecchia, per guadagnar tempo:

— Il mio fattore mi ha rammentato jersera che noi avevamo bisogno di un par di buoi. Me li potete dare voi altri! Con le malattie che ci sono in giro, se non li posso avere da una stalla fidata, non li prendo.

— Buoi da vendere, noi, a questa stagione? Magari Iddio! Più che appicciare un po' di carne sulle coste del pajo più rifinito, quando arriva Natale, e mutare ogni cosa in un pezzo di carta sudicia per pagar l'appendice al signor Conco... al signor segretario, noi non possiamo fare, come è vero Dio! Ma poichè ha nominato la nostra stalla, questa volta l'ha proprio da vedere. Si ricorda due anni fa! Non s'è potuto entrare perchè il caldo dava noja alla buon'anima del povero conte, ma ora, pur troppo, non c'è che la contessa, la quale, o sbaglio, o sta più ben di noi. Venga, venga con me. E quando vede l'Illustrissimo, non gliela perdoni, e si faccia sentire. Pazienza che s'abbia da star male noi che siamo cristiani, e ci s'accomoda per tutto, ma le bestie, così care, non è un peccato?

Uscirono insieme seguite da Giovannona, che prese in mano una forca per cacciarsi, come Europa, in mezzo ai buoi, e per mostrare alla contessa le occulte magagne della stalla, sgomberando della paglia e del fieno i precisi luoghi dove andavano a parare le querimonie della mamma sua.

— È brutta o no, lo dica lei? – seguitò Nunziata. – Guardi. Qui non c'è una tramezza che non sia stata rappezzata di dentro e di fuori, di sopra e di sotto. E veda le poste. C'è l'ammattonato a coltello, non nego, ma l'avrà fatto Noè, perchè ora la sfido a trovare una sola pietra che aderisca. Come vuole che mangino bene se tormentano dell'unghie, e se si rompono il muso con le lische della mangiatoja così tarlata? Sì, è vero, sant'Antonio, da quando è santo, non ha mai benedetto un lattonzolo più bello di questo, ma è anche appena nato! Torni un po' a vederlo fra un par d'anni se camperemo tutti tre. E questa le pare una stalla da Illustrissimo? Con una porta sola che se ci prende il foco bruciano anche i corni? E così scura che d'inverno a mezzogiorno ci vuole il lume? E così alta che le bestie pajono sempre piccole e non compariscono neanche d'estate quando ci si vede? Via, Illustrissima, si metta una mano al core, e pensi alla sua. L'ho vista quando ho accompagnato il mio soldato in mano agli Italiani, e come l'ho vista bene! Quella è una stalla! A volta, e lucente, e larga, con le colonne di marmo, e le poste che pajono stanzini da ricevimenti. Ci può fare una festa da ballo quando vuole, lei.

Mentre la contessa domandava a sè medesima se un professore di agronomia le avrebbe fatto capire tante cose in una buona oretta di lezione, la vecchia si avvide di avere accanto un ometto piccolo e grassotto che la guardava con le braccia penzoloni come per dire: «Quando avrete finito voi, principierò io». Era il messo comunale di Dolo, leggi il tirapiedi del sindaco e dell'esattore: un buon diavolo che ad ore perse faceva anche da birro e da procaccio. I contadini lo chiamavano Ritenete, e il suo viso degnevole e dimostrativo chiariva il soprannome, e spirava per così dire il sentimento dell'autorità.

— Ritenete!! – sclamò Nunziata con gli occhi fuori del capo. – Questa è un'altra tassa!

— No, buona donna, tranquillatevi, – rispose il messo; – fin che, non riapriamo il consiglio non se ne parla più. Oggi non vengo a prendere quattrini, oggi ne porto.

— Fuori!

— Non a voi precisamente, ma a quel forestiere che avete in casa, e che mandaste via poco fa, a quanto me ne dissero là fuori.

— Io non ho mandato via nessuno. È stata lei, – sclamò la vecchia, additando Giovannona.

— Una o l'altra per me fa lo stesso. Avete a dirgli – state bene a sentire – che io era venuto qui con questa lettera raccomandata, e coll'importo d'un vaglia postale, tutta roba per lui; e che non avendolo ritrovato a casa, procurerò di ritornare dopodomani con ogni cosa. Non vi lascio nè quella nè questo, perchè ci vuol la firma per tutti e due.

Così a sentirlo, pareva che quarantott'ore meno, quarantott'ore più, non facessero gran differenza in quel di Mantova!

— Un vaglia postale? È grosso? – domandò Nunziata.

— Così così. Otto lire abbondanti.

— Ho capito, – sclamò forte Giovannona verso la madre. – Sarà il mese d'affitto della sua casetta.

Maria aveva avuto un bel servirsi di cartaccia grossa, un bell'alterare la sua lunga e sottile mano di scritto; ma correre tanto avanti coll'immaginazione fino a prevedere che il suo messaggio avrebbe impiegato due giorni per arrivare, come una saetta, da Milano a Coronaverde, via, siamo giusti, non ci sarebbe arrivato nessuno, e non ci arrivò neanche lei. Un'altra avrebbe mutato di colore, e sarebbe scappata via subito, per tema che Galeazzo, apparendo da un momento all'altro, mandasse a monte ogni cosa per colpa espressa di chi lo aveva spedito colà. Maria invece che non per nulla aveva avuto in famiglia tre o quattro consoli del bello italo regno (quell'altro, non questo) e una serqua di bisavoli in ottimo odore così a Vienna come a Madrid, Maria fece onore alla impassibilità che aveva ereditato col sangue dei suoi maggiori, e il terso marmo del suo bel volto coprì il suo immediato proposito di rimanere ancora.

— Dopo quel che ho udito, – pensò, – correre via subito sarebbe il medesimo che dar ombra a costoro, e d'altra parte, se mio cugino dovesse tornar tanto presto, qualcuno avrebbe detto alla Regia Posta di fiatare un momento per vedere se càpita. Ha corso tanto che deve essere stanca!

Uscì adagio dalla stalla con a làtere la sua dama d'onore, e subito Giovannona, volgendosi in furia a parlare nell'orecchio della Regia Posta:

— Che fa Niccolino? – disse pianissimo.

— Fa all'amore con voi.

— Non ne ha un'altra di nascosto a Dolo?

— No davvero. È venuto in qua con me, ed è scappato dall'oste perchè c'era troppa gente in corte. Se l'avesse, potete ben ritenere che lo saprei. Ho da avere in mano la polizia per nulla?

— Ebbene, riteniamo che ce l'abbia, e non lo sappiate. Informatevi con buona maniera, e dopodomani, quando tornate colla lettera, cercate di me. Troverete una mezza lira a vostra disposizione.

Era una specie di cambiale a vista che Giovannona s'era decisa a stillare per due ragioni: la prima perchè aveva paura che il suo ambasciatore potesse tornare con un pugno di mosche in mano, e la seconda perchè Ritenete aveva in capo troppi affari di tutti, per aver tempo di propalare quelli di qualcheduno.

Intanto Maria e Nunziata fendevano a stento la bassa plebe, che era rimasta ad attenderle fuor della stalla, e che si preparava di nuovo a seguirle in casa.

— Via, creature, andate in pace! Che vorreste? Tornar dentro ancora? Un po' di rispetto per la signora contessa, che diamine! È vero che è molto bella, ma quando si è vista da capo a piedi, s'è vista tutta!

Questo era l'andante maestoso cantato a gran voce dalla vecchia, mentre la figlia, appena escita, e perchè Niccolino non potesse accampare il pretesto, della folla, dava sotto alla madre con un pianissimo:

— Anch'io vorrei dare il gusto a quella stomacosa di guardarla a bocca aperta come fate voi! Fuori, vergognosi tutti! Pare che non abbiate mai visto donna!

Il muto gregge degli ammiratori cominciò a diradarsi, poi a disperdersi, e di forestieri non restarono, come più di casa, che Genoveffa e Peppina: l'ultima delle quali aveva profittato della visita alla stalla per provarsi il cappello e la mantiglia di Maria. Un'altra mano che avesse avuto, e si sarebbe provata anche i guanti. Pompeo se la rideva coi servitori, e Stentone e Marchino, i quali avevano soggezione davvero, si tenevano in di–sparte in fondo alla corte.

— Ora che siamo in famiglia, – principiò Maria appena rientrata, – vi dirò la principale ragione che mi ha indotto a ritornare... oltre alla mia parola. Qualcuno però dovrebbe intanto farmi la gentilezza di dire al mio cocchiere che più presto i cavalli avranno mangiato, e più presto li attacchi. Ho da rifare più di dieci miglia, e se il sole fa a tempo a raffreddare, o se si leva il vento come jeri, mi busco la tosse, e domattina non posso più tornare a Milano. Beate voi che non avete di queste miserie!

— Creda pure che ne abbiamo delle altre! – rispose Giovannona, con gli occhi fermi negli occhi della contessa.

Costantina, a un cenno della vecchia, era subito corsa dal cocchiere, e già ritornava colla risposta:

— Fra poco attacca.

— Grazie.

Poi, voltandosi verso Nunziata:

— Io avrei bisogno di una bella e giovane balia. Non ne avete una in vista? Badate, voglio latte fresco, e che abbia anche buona ciera e bellissimi denti.

Gli occhi di Giovannona folgoreggiarono, come se ne balenasse un poema di allegra vendetta. L'aveva tanto con Maria, per quel che le aveva detto appena arrivata, da giungere, pur di sfogarsi, fino all'amabile supposizione che essa cercasse misteriosamente la balia per conto proprio.

Ce ne sarebbe una, – rispose Nunziata, – che è stata tanto stupida da mettersi in ballo per il tempo della mietitura. A mezzo agosto sarebbe già riavuta. La vuoi vedere?

Che mezzo agosto! La mia amica si porrà a letto fra un mese al più.

Addio folgori, addio poema, addio vendetta! Doveva provare Giovannona a mettersi al collo la cintura di Maria!

Allora non saprei! – rispose la vecchia.

— Ebbene, cercatela, e se ve ne salta fuori una di bella, scrivetemi subito a Milano. Qualcuno verrà a vederla, e, se andrà bene, resterete contenti. Sapete scrivere, non è vero?

— Pochissimo tutti, per dire la verità; ma abbiamo in casa un bracciante mezzo cittadino che saprà certo ingegnarsi meglio di noi.

— Come mai è caduto qui?

— Che vuole? S'è offerto senza paga, e noi s'è preso.

Maria fece l'atto di chi procura di farsi venire in mente una cosa, e poi, come se principiasse allora soltanto a pigliar interesse al forestiere, chiese a Nunziata:

— Dite un po': è uno che viene dalle parti di Milano?

— Illustrissima sì.

— Allora ho capito chi è. S'è offerto anche alla Brena, e il mio fattore, domandategli perchè, non s'è arrischiato a prenderlo, quantunque mi abbia confessato egli medesimo che era un giovine pulito, e che aveva una bonissima figura.

— Non è mica cattivo, – saltò a dire Giovannona sempia più stizzita, – ma capirà, bisogna dirgli dove ha da metter le mani e dove i piedi. Sa tanto lui di campagna quanto sappiamo noi di galanteria.

— Ebbene, se non farà per la Casanova, mandatelo alla Brena in cerca del mio fattore, – propose di rimbalzo Maria per impuntigliare i suoi interlocutori a tener bene e volentieri Galeazzo.

— Illustrissima sì... se non farà per noi! – rispose Nunziata.

Qui Maria, che ne aveva saputo anche di troppo, avvertì subito che il mutamento del discorso doveva venire da lei, e tornò a raccomandarsi per la balia, senza mai smettere finchè, tra le acclamazioni e le sberrettate, si ritrovò di nuovo a sedere in carrozza.

— Addio. A rivederci.

— Quando, Illustrissima?

— Quando tornerò alla Brena. Ve lo manderò a dire, e poveri voi se non vi vedo a desinare in casa mia.

— Ci verremo, non dubiti. Intanto stia bene, e se le capita un altro conte che le piaccia, se lo pigli, ma giovinotto, badi, e non già vedovo.

— Perchè?

Perchè i signori hanno da star bene, ed è anche troppo se si tirano dietro una disgrazia in due. Siamo noi poveri che dobbiamo sposarci tra vedovi, perchè, se non s'ha un morto per parte, è raro che si trovi chi ci voglia più. Buon viaggio, Illustrissima, buon viaggio! E stia allegra cent'anni lei che può.

E Illustrissima di qua, Illustrissima di là, buono che alla fine la carrozza andò, ma guai al mondo se Maria avesse avuto gli occhi di dietro! Avrebbe visto molte facce, mutate istantaneamente di affabili in scontrose, e più presto di tutte quella della vecchia. Diceva:

— Che vi pare d'una contessa che vuole accaparrarsi i braccianti gratis?

— Colpa vostra, – rispose la figliuola ruvidamente. – Dovevate parlar meno.

— Ci si rimedia subito. Qua tutte, Genoveffa, Peppina, Costantina, tutte. Avete sentito ciò che ha proposto la contessa quando si è parlato del Milanese?

— Sì.

— Ebbene, non glielo dite, o me lo tengo a mente. Un po' che lo sapesse, e ci pianterebbe subito. È un gran dire però! Le avranno raccontato che è un bell'uomo, e se lo vuole accanto. Capaci di tutto, le signore, credetelo pure, capaci di tutto!

— Meno male che anche mia madre ne ha indovinata una! – sclamò Giovannona alzando le man al cielo, e correndo prima a Marchino, e poi al padre e al fratello per fare che tacessero anche loro.

E il patto del silenzio – diciamola poeticamente – era già stretto.

Mezzo minuto dopo il vezzoso Pompeo posò il suo braccio (moda rustica) su quello di Peppina, e uscendo insieme disse:

— Ti par giusto che io abbia da lavorare come lavoro...

— Molto!

E che ci sieno persone che si facciano trasportare a spasso con cavalli e carrozza come quelli?

— Giusto non è, ma se non fosse così, sarebbe peggio. Mettiamo per un momento che si potesse diventare tutti signori. Chi lavorerebbe le nostre terre?

— Io no.

— E mangiare?

Pompeo si trovò stretto in un circolo vizioso.

— Vedi, – seguitò Peppina, – che sarebbe lo stesso come diventare poveretti tutti! Così invece si tira via.

II.

Chi non s'è mai domandato come accade che certi brutti visi possano recare intorno la più genuina manifestazione della bontà dell'animo, e che certi altri invece, mollo bellini e molto ben torniti, rivelino spesso un certo che di aspro e di duro il quale vi si adagia sopra così bene che è una meraviglia?

Nessuno? Vorrebbe dire che i bei tempi della metafisica sono ben passati, e che non si crede più tanto nei rapporti già sacramentali del buono e del bello, ma non vorrebbe già dire che in fatto di visi ci manchino continui esempi e della prima specie e più della seconda. Per quella intanto basta che guardiamo il parroco di Dolo.

Era brutto davvero, ma si vedeva subito egualmente che era forse ancor più buono che brutto. Grande, grosso, con la pelle tanto olivastra da lasciarti in forse, da lontano, se fosse netta o sudicia; con le mani, così fuor del naturale da parere due mostre da guantai; con un naso tanto lungo che a metterlo al sole ci avresti potuto far danzare attorno le ore come sopra di una meridiana, oh se era brutto bene! Ma gli occhi altrettanto grossi quanto aperti e sinceri, ma la bocca tagliata giù come vien viene, e non per questo men dolce e meno espressiva, ma la pancia badiale, ma il perenne ed amorevole sorriso, oh quante belle cose dicean per lui!

Eppure quell'uomo, che altrimenti sarebbe stato quasi perfetto, aveva pur troppo il vizio delle belle lettere: un vizio grande e grosso poco men di lui, ne era escito uno di quegli agresti ed antiquati letterati, condannati dai fati a vegetare in mezzo ai prati, i quali, tolti fuori dalle loro soporifere ed arcadiche raffinatezze, non sogliono arrivare nella massima parte delle cose, dove, senza tanta logica e senza tanta rettorica, arriva di colpo la buona gente che sta loro intorno. A pigliarlo solamente da questo verso era una gran mummia, povero Don Angelo! Batteva le doppie, parlava a filo per maggiore, minore e conseguente; traduceva Virgilio e Cornelio Nipote, quello a digiuno e questo dopo cena ed entrambi colla scusa che erano mantovani per patria ambidue; sapeva a mente tutto Bartoli e tutto Passavanti, e un po' che parlasse coi suoi miseri fabbriceri li citava tutti senza discrezione, e non apriva mai bocca senza tenerla aperta molto spesso in cerca del più bel modo di volgere il discorso, con assidua cura della parola propria, della ornata locuzione, e del più rotondo e compatto periodare.

Il buon uomo aveva seco una orfanella sua nipote, che egli si era studiato di crescere nell'amor di Dio e della lingua italiana, e che faceva conto di dare in moglie ad uno smilzo e timido giovinetto del paese, suo allievo e sua creatura, il quale tra poco sarebbe tornato di città con la patente di maestro in tasca. Che volete di meglio per un villaggio che un buon prete e un buon maestro, governati entrambi dalla medesima e casta massaja, e fermi ambedue nel vicendevole proposito di raddrizzare le anime immortali e gli spiriti ragionevoli degli stessi parrocchiani, senza mai pretermettere nè il buono esempio nè la buona grammatica? Se non che la signorina Ebe, qualunque fosse la sua tenerezza per entrambe queste belle cose, pure non si sentiva punto inclinata verso le persone timide, e men che meno verso le persone smilze.

Quando Galeazzo arrivò sul campo di battaglia e chiese, per la prima, della madre del mediatore, gli additarono una donnetta non tanto vecchia quanto apatica e sdentata, che stava in piedi per miracolo davanti all'uscio di casa sua. Che una madre come quella potesse ancora trovare il fiato di dir di sì al figliuolo, era una cosa che si poteva ammettere, ma che sapesse reggere a dir di no più volte, e da più mesi in poi, non pareva vero. Eppure bisognava sentire come s'ingegnava!

— Dite alla vostra padroncina, – rispose a Galeazzo con grandissima flemma, – che in casa mia voglio essere la padrona io, e che se c'entrasse lei, comanderebbe a me.

— Non credo. Una buona nuora obbedisce e non comanda.

— Quella obbedire? Una donna che mi butterebbe a terra con uno starnuto? No, no, figliuolo, son vecchia io, e so cosa vuol dir la forza! Ditele a mio nome che il mondo è grande, e che se mio figlio la vuole sposare, può andar a star seco da per tutto, ma qui no. Poderini da affittare non ne mancan mai, e Niccolino ha tanti padroni che un po' da uno, un po' dall'altro, trova subito quanto gli ci vuole per comperar due vacche. E se la vostra padroncina ha paura dell'affitto, ebbene, si pigli Niccolino a casa sua. Sarà un uomo che andrà a moglie, che gran che! Se ne son visti ancora!

Era sempre qualche cosa di guadagnato, ma per il momento non c'era da cavarle altro, e Galeazzo, che se ne avvide subito, si volse addirittura verso la Canonica.

— Vorrei parlare da solo a solo col signor Parroco, – disse appena entrato ad una giovane bionda e ricciuta, piccola e grassoccia, la quale, agli anni ed alle vesti, si rivelava subito non per la serva ma per la nipote.

Costei che prima, non vista, lo aveva già saettato d'una lunga occhiata, gli venne incontro a capo così chino che Galeazzo non potè vedere nè il bel nasino volto all'in su, alquanto petulante, nè la bocca vermiglia e sensuale, alquanto briccona.

— Favorite di entrare qui, – gli rispose la signorina Ebe, ponendosi davanti all'uscio di una stanzetta appartata, che mandava fuori, col vetusto odore dei volumi legati in cartapecora, una certa solenne fragranza come di lingua antica ed illustre.

Don Angelo stava a sedere in maniche di camicia davanti alla scrivania, e scriveva a precipizio due o tre faticosi endecasillabi, appena imbastiti, per paura che la interruzione glieli facesse poi passar di mente.

— Chi siete? – domandò senza smettere al suo visitatore, mentre costui, per precauzione, richiudeva l'uscio dietro di sè.

Galeazzo rispose che egli era un bracciante della Casanova di Coronaverde venuto a vedere a nome della padroncina se il signor Parroco non avesse nulla a ridire sulla voce che principiava a diffondersi della grandissima simpatia di Niccolino per la nipote di esso reverendo.

Don Angelo, che era rimasto di stucco, si levò gli occhiali di naso, e si mise a pulirli da tutti i lati per guadagnar tempo. Quindi come se predicasse, e principiando tale e quale come in chiesa con una bella nota media di petto, rispose molto forte:

— Io non vi dirò che il giovine, or fa un anno passato, non mi abbia aperto la mente sua con questa lettera che mi fa ridere ancora, e che è firmata, come voi vedete, «il suo caro parrocchiano Niccola Bassi»; ma e che però? Poteva io tanto da impedire ch'ei me la scrivesse? Non è egli un uomo? Ed Ebe mia nipote non è una donna? Che ci poss'io se me l'ha chiesta in moglie? Poteva bene non dargliela, e andate pur sicuro che non gliel'ho data e non gliela darò; ma che Ebe gli spiaccia, ei che mi ha detto che gli piace tanto, nè io posso affermare, nè voi potete chiedere.

— Come diamine parla costui? – pensò Galeazzo fra sè e sè, già spaventato all'idea di prendere il contagio, e di non potere più rispondere in dialetto.

E l'altro subito, seguitando:

— Questo sia detto per Niccolino mezzano; in quanto poi alla mia nipote, io non vi dirò che ella non sia la più gran furbetta che imaginar si possa, e che talvolta, quando non mi ritrovo bastante pecunia in tasca per comperarle subito, che so io, una gala, un gingillo, una fettuccia, essa non mi pigli di fronte e non mi dica: «O spicciati, don zio, o mi metto subito a discorrere col tuo caro parrocchiano Niccola Bassi»; ma e che per questo? Volete voi che una giovane civile, da me istituita, si possa veramente apprendere d'amore per un... basta, non è a me che spetta di svilire, dirò meglio, di umiliare il mio gregge, ma via, capirete!

Qui Don Angelo si fermò un momento a tirar su una presa, mentre Galeazzo, esterrefatto, continuava a guardarlo negli occhi, a guisa di uno, il quale per non sapere a chi impetrare misericordia, si adagiasse al proprio destino, borbottando fra i denti:

— Buono che non sa chi sono, o altrimenti ci sarebbe da aspettarsi una mezza dozzina di conciossiachè!

— Non avete capito? – ripigliò il buon prete, come quello che era abituato a spiegarsi molte volte, e per dar ansa all'interlocutore di rispondere pur qualche cosa.

— Si, sì, ho capito benissimo, – rispose Galeazzo grattandosi l'orecchio, – ma ciò non ostante non potrebbe essere che sua nipote, la quale si burla innocentemente di lei con quelle minacce, si burlasse talvolta anche del mediatore, che è un bel pezzo d'uomo, e gli discorresse, così per ridere e come dicono, quando nessuno la può vedere, per esempio... la sera!

Avrebbe dovuto dire «la notte» ma poi, nel momento buono, pensò giustamente che Giovannona doveva andare lei ad insolentire i galantuomini, e non mandare gli altri.

Don Angelo s'attaccò ad un cordone che gli pendeva sul capo, e scampanellò a furia per chiamar la nipote.

Costei che era dietro l'uscio e non aveva perduto una parola s'avventò in punta di piedi fino all'angolo più remoto della Canonica, e di là gridando:

— Vengo, – rispose.

— Che fa, reverendo? – chiese Galeazzo impaurito.

— Nulla. Voglio che vediate la purità alla prova. Qua, Ebe, e dimmi: o che fai tu la sera?

— Sto qui teco, don zio, – rispose la ragazza con la medesima serenità con la quale avrebbe bevuto un ovo fresco.

— E poi?

— Poi vado a dormire.

— E pure mi dicono che tu t'intendi segretamente con Niccolino e che gli parli.

— Perchè no? Sto così male in casa tua, e tu consentiresti così facilmente e con tanto piacere a lasciarmelo sposare, che veramente sarei molto grulla se non mi ci ponessi! vero bensì che potrei farmi torto per tutta la vita, ma che cosa importa quando si tratti di un giovinotto così garbato, così istruito, così degno di entrare nella tua famiglia?

Don Angelo balzò in piedi come se avesse avuto vent'anni, e protendendo nel suo entusiasmo le braccia in alto, gridò:

— Te beata, o Natura, quando indovini, giocherellando, le più segrete ragioni dell'arte; te beata, o Natura, quando ti poni a presidio dell'innocente sulla sua stessa bocca, e vi ti accampi con tanta fortezza che il più sottile sillogismo non varrebbe a snidarti. Vedi? Ecco una giovinetta che, tua mercè, non si è peritata di armarsi della ironia, della più malagevole e perigliosa di tutte le figure, e che se ne è baloccata a suo talento, senza mai turbare la vittoriosa armonia del concetto, e, cosa più maravigliosa ancora, senza mai offendere la giusta proporzion della forma. O beata; beata te!

Bravo Don Angelo! Quasichè il discorsetto di vostra nipote fosse stato qualche cosa di molto naturale, e che la natura, all'occorrenza, avesse bisogno di andar a scuola dall'arte. Ma un po' che vi ci mettiate, voi altri, c'è da aspettarsi anche questa, a lasciarvi dire!

La signorina Ebe, tutta umile in tanta gloria, se ne andò a capo chino verso l'anticamera, e Galeazzo, che non si era mai sognato di mettere in dubbio la suprema buona fede del parroco, procedette, come suol dirsi, per estensione, e fu ben lunge dal prender sospetto della nipote. La quale (all'usanza di tutti coloro che sono stati cresciuti in modo eccessivamente formale) non aveva mai acquistato nel tenore dell'indole sua, e come finta ed intrigante era nata, così si poteva mettere dieci contr'uno che sarebbe anche morta. Tanto poco aveva che fare con suo zio, che era rimasto bonissimo ad onta delle sue scolastiche stitichezze.

— Dite un po', – riprese quest'ultimo allorchè Galeazzo, finite le sue scuse, si preparava a prendere congedo, – or come avviene che la vostra parlata vi riveli per molto estraneo a questi luoghi nostri?

— Sono di Abbiategrasso.

— Qui contadino da lungo tempo?

— No, da pochi giorni.

— E vi chiamate?

— Lazzaro degli Abeti.

— Lazzaro! Bel nome! Non m'era ancora venuto a mente.

E lo scrisse tosto su di un fogliolino.

— Imperocchè io, – seguitò a dire, – ho dichiarato da molti anni una feroce guerra contro i soprannomi, ai quali va imputata così gran parte del rozzo costume che suole intercedere fra gli abitatori delle campagne, e perchè ne cessasse il bisogno, dirò meglio, lo specioso pretesto, ho bandito dalla mia parrocchia i nomi troppo volgari dei Santi e delle Sante per accostarmi, in questo solamente, o all'Evo medio o alla pagana antichità gentile. Cotesto è il catalogo dei nati, da quando fui assunto alla regola di questa terra, e percorrendolo saltelloni, dove l'occhio ci cade a caso, vediamo: «Epeneto, Agape Chionia B..., Callimaco C..., Caralampio F..., e Giliosa R..., ed Eustocchia M..., e Deidamia P..., e Verosia C...» Son tutte vive, tutte persone di buone ossa, e nessuno ha mai osato di chiamarle differentemente, come accadde a me, il cui grosso nome di Angelo mi si è talvolta mutato dietro le spalle in quello di «Don Dirò Meglio» e come sarebbe probabilmente avvenuto anche ad esse, quando fossero escite dal Sacro Fonte in qualità di Pietro o di Paolo, di Rosa o di Giovanna.

Qua, qua dunque tutti a spigolare nel registro di Don Angelo, o voi umoristi di seconda man che vi studiate di far ridere il prossimo, col povero espediente dei nomi insoliti e buffi. Un lapis, un taccuino, e ce ne avete finchè campate.

Ma Galeazzo voleva scrivere a Maria, altro che umorismo, e quei cataplasmi di nomi arrugginiti gli erano già sembrati, benchè pochi, troppi. Agguantò una mano a Don Angelo, per baciargliela, e togliersi d'affanno, e quegli schermendosi:

— Fatevi con Dio, giovinotto, e dite alla padroncina, per parte di Ebe e mia, che può impalmarsi con Niccolino mezzano quando più le piaccia. Buon dì.

Galeazzo escì dallo studio col capogiro, e s'affacciò più volte alla cucina, alla corticella, e alla dispensa, prima di poter infilare la porta di strada, mentre la signorina Ebe, che lo teneva d'occhio dal salotto, e gli vedeva prendere tante cantonate, aveva voglia di morir dal ridere. Era molto villana, la signorina Ebe, così che non pareva. Più di Giovannona, che è tutto dire, e forse appunto perchè non pareva.

— Avanti che ci ritorni! – sclamò Galeazzo appena fuori, mentre Don Angelo si sprofondava di bel nuovo nel vorticoso pelago dei suoi endecasillabi, e mentre la signorina Ebe, che aveva cessato di ridere, s'appoggiava col gomito alla finestra, e posato l'indice sul bel nasino, si poneva a meditare, con scaltrita faccia, intorno ai casi suoi.

E medita e medita, gliene venne in mente una di molto grossa.

III.

Ora, dopo le nuove leggi e il servizio obbligatorio per tutti, la leva militare non si presenta più, nemmeno ai contadini, come una spaventosa e troppo particolare calamità, ma all'epoca del nostro viaggio, durava ancora la ingiustizia dei cambi, ed erano ancora troppo recenti le memorie dei disagi patiti prima in terra tedesca e poi nel settennio '59–66 perchè la coscrizione non assumesse, almeno nelle campagne, un aspetto molto diverso e molto peggiore. Chi ha vissuto nel contado lombardo intorno al '70, può dire di quali strida e di che altissimi pianti non echeggiassero talvolta le più povere case, allorchè arrivava la notizia che un figliuolo aveva sortito il numero basso, e si era trattenuto, più ubbriaco di dolore che di vino, a vociare ed a cantare per le vie della città.

Questa disperazione si esauriva naturalmente da sè sola quant'era più rumorosa, ma anche dopo, ad animi più tranquilli: «È questa la bella Italia? – dicevano. – Sono questi i bei vantaggi che i signori ci hanno promesso? Tutti liberi, tutti fratelli! Cara questa libertà che ci porta via i figliuoli per dodici anni invece che per otto! Cari questi fratelli che tengono a casa il loro sangue, e mandano via il nostro!»

Oggi almeno i figli dei signori si scannano anch'essi a fare i volontari, e se c'è una qualcha diversità di sorte, è proprio dovuta alla sorte e non agli spiccioli. È un'altra cosa!

Ma allora! Domandate a Nunziata ed a Peppina se il mal di denti abbia mai fatto urlare nessuno così forte come urlarono esse quando il loro povero Piero se ne era tornato a casa con in tasca il 2. Quegli urli non potevano paragonarsi, data la diversità della intonazione, che alle loro grida di gioja, allorchè, alle cinque pomeridiane di quella stessa festa, si levò una voce che veniva dalla parte del Po, e che diceva: «Arriva Piero! È qui il figlio di Stentone!» e tutti a correre verso l'argine, incontro ad una barchetta che stava per toccar terra, e che conteneva il signor caporale Gervasi, del 10° di linea.

— O 'l me cör! O 'l me Piero! O 'l me putel! – strillavano in coro la madre e l'amorosa, che si tiravano dietro tutte le persone delle due famiglie, compresi Giovannona e Niccolino, che avevano dovuto smettere di tortoreggiare davanti al portone.

Il povero Piero non era ancora ben saldo in terra che già gli erano saltati addosso a due, a tre alla volta, premendolo, stringendolo, baciandolo da tutte le parti, mentre la sorella raccoglieva di terra il keppy caduto, e Peppina, con Santello in braccio, aveva piantato una mano sulla tempia del suo soldato, e lo guardava in viso come se lo avesse voluto mangiare vivo. Il povero Stentone, che adorava quel suo migliore figliuolo, aveva più lagrime negli occhi che parole in bocca, e Piero, che non gli poteva saltare al collo, s'era dovuto contentare di afferrargli una mano, tendendo l'altra a Giovannona ed a Pompeo.

Finalmente il gruppo si sciolse, e di collettivi che erano stati sul principio, il ben venuto ed il ben trovato andarono avanti un pezzo particolarmente. Poi Piero si prese il piccolo Santello per mano; posò il suo braccio su quel della madre, e addio di qua, addio di là, attraversò il villaggio per andare a casa.

— Com'è sbiancato! Quant'acqua gli dànno a bere questi piemontesi! E poi dicono che in Piemonte c'è il vin buono! – dicevano forte i vecchi amici, che gli facevano ala nel brevissimo tragitto.

— Venir così improvviso! Venir così improvviso da un momento all'altro! – borbottava Stentone. – Perchè non hai scritto?

– Non lo sapevo, – rispose Piero in quella lingua arlecchinesca molto allobroga e un po' napoletana che i nostri soldati si sogliono appiccicare uno coll'altro. – Siamo venuti a Parma jer mattina, e subito il mio maggiore mi ha fatto avere una settimana di permesso. Era tanto che glielo chiedevo.

— Oh povera me come me l'hanno falsato! – seguitò Peppina. – Parla così stretto che pare un signore!

— Ma che signore, ma che signore! Dammi tempo un quarto d'ora, e parlerò come te. È da jeri che sono al reggimento?

Ed entrarono tutti nella Casanova.

Avete mai aperto la porta della scuderia ad un puledro dopo troppe ore che vi stava chiuso? Avete mai visto le sue capriole? Vi siete scansati per evitare i gaudiosi suoi calci? Allora è come se aveste veduto Piero in quel momento. Il suo corpo non si poteva muovere tanto, è vero, ma se l'anima avesse trovato modo di escirgli dal petto, altro che capriole! avrebbe preso il volo addirittura, per aliare in un batter d'occhio dal più remoto filare all'ultima siepe della fattoria.

Corse di sopra nella sua stanzetta, sciolse la cintura, spogliò la tunica, gettò sul letto la durlindana, e su a rotta di collo in granajo, infilando la sua vecchia giacca nel salir le scale. Già è inutile, i nostri soldati della più rustica progenie hanno qualche cosa nella espressione del viso e nel modo di camminare di guardare e di gestire, che dieci anni di caserma non varrebbero a togliere, e che si combina assai meglio col giubbone verdiccio che colle daghe, cogli elmi, le frange ed i keppy.

In granajo andò benino; i mucchi erano due e gonfi abbastanza per tener tutti ritti fino a tutta estate; dunque giù, prima a palpare i fianchi ai buoi col babbo, con Marchino e con Pompeo, poi in porcile ed in pollajo colla mamma, la fidanzata e la sorella, e finalmente, seguito da tutti, in aperta campagna, a guardare, appezzamento per appezzamento, come metteva il grano, come erano stati scavati gli alberi, quant'erba c'era nei prati, quanti pampini nei tralci, e soprattutto, e più amorosamente che mai, come germogliavano certe giovanissime viti seppellite da lui prima di andarsene. Oh come era contento, povero ragazzo!

— È un pezzo che siete caporale? – gli domandò Niccolino che non aveva mai corso tanto in vita sua.

— Caporale! Vorrei vedere anche questa! – gridò Nunziata la quale avrebbe assai più volontieri bastonato suo figlio piuttosto che lasciargli fare un solo mezzo giro a destra per amor dell'arte.

— Non dubitate, mamma, ci ho avuto il mio perchè.

— Ma non potevi ricusare?

— Sì che potevo, ma allora sarei tornato uomo quattro anni più tardi.

— Quattro anni!! Se non ti mancano più che nove mesi a finirli! – sclamò Peppina con gli occhi fuori del capo.

— Parlo del congedo assoluto, io, – rispose Piero come per troncar l'argomento.

— Che assoluto o non assoluto! Quando ti rimandino a casa mi fa lo stesso comodo.

Erano giunti al fosso di Galeazzo, non ancora empito che in piccolissima parte.

Che è questo? – domandò Piero fermandosi.

E gli raccontarono ogni cosa dall'arrivo del Milanese alla spilorcia esitazione del signor Concomodo.

*

*   *

Galeazzo apparì a sera inoltrata con un cipiglio da fare spiritare i cani, e quando tutta la famiglia si era già alzata di tavola. Giovannona pensò prudentemente di lasciarlo mangiare in pace, e postagli innanzi ogni cosa, disse forte alla madre:

— Ed ora che si fa? Dove si mette Piero?

— Dove? Nel suo letto.

— E il Milanese che ve lo ha già pagato?

— Al Milanese ci penso io. Non è vero che siete un buon figliuolo, e che non ve l'avrete punto a male se vi metterò il mio soldato accanto per qualche notte?

Galeazzo levò gli occhi all'insalata squadrando Piero da capo a piedi, e rispose rabbiosamente:

— Che a male d'Egitto! Prendo tutto a bene, io.

E cacciò dentro un boccone di lattuga, come se avesse avuto voglia di mandar giù anche la forchetta.

Giovannona lasciò sbollire quel po' di luna piena, e quando vide tutti i suoi radunati intorno a Piero, si accostò a Galeazzo, e gli disse sommessamente:

— Com'è andata?

— Male.

Giovannona si morse le labbra.

— È dunque vero dell'amore in canonica?

— No, mi hanno sacramentato di no tutti due.

— Anche la nipote?

— Più dello zio.

— E la vecchia 2

Non mette nessuna difficoltà, purchè vi prendiate Niccolino in casa vostra.

— Sì, una bocca di più! Se potesse mettersi in tasca il poderino, non dico, ma senza?

— E voi pazientate. È una certa madre quella, che, o io sbaglio di molto, o in un modo o nell'altro cederà.

— Ma allora perchè dite che è andata male?

— Non ci siete mica solamente voi al mondo; è andata male a me. Ho avuto di grazia di riparare dai carabinieri, e per causa vostra.

— Per causa mia!? Che c'entro io coi carabinieri?

— Non ve lo voglio dire. Così imparerete a non pensare che a voi.

— No, Milanese, fatemi questo gran piacere di dirmi subito come c'entro io coi carabinieri?

47

— Neanche se mi mandaste Don Dirò Meglio a farmi un'altra predica. Ce l'ho tanto con voi per la bella festa che mi avete fatto fare, che se vi potessi arrostire, vi arrostirei. Dovreste anzi dire là al signor caporale che se egli vuole rivelarsi per fratello vostro, non ha a far altro che russarmi nelle orecchie per tutta la notte.

Se tu getti dell'acqua contro un muro, è vero che gli è un muro, ma qualche cosa gliene rimane.

Ed anche Galeazzo, parlando così ad una donna, avrebbe dovuto avvertire che gli si era già, appiccicato addosso un bastante spruzzo di color locale: quel certo colore il quale si rivelava più che mai allora appunto per opera di Pompeo, che, ritornato ubbriaco fradicio dall'osteria, era stato preso a braccetto dalla madre, e seguitava a predicarle su tutti i toni che per arrivare a letto in camera sua, gli conveniva di andar giù e non su.

Alla fine si persuase, ma non abbastanza presto che una buona giovane, la quale origliava dalla porta della sua casetta, e non lo udisse bene, e non ne piangesse disperatamente.

Mentre il conte di Belgirate, voltoloni per il letto, s'accaparrava anticipatamente più di tre quarti della sua coperta, capitò abbasso in cucina il signor Concomodo, che sapeva benissimo dell'arrivo di Piero, e che pure ne fece le grandi meraviglie, con pacata ed altezzosa bontà.

Recava (un po' troppo presto, veramente) la risposta dell'Illustrissimo: una risposta così birbona da far diventar lividi tutti gli astanti. Il mezzajuolo aveva chiesto sei soldi il giorno, per dividere col suo padrone il mantenimento dello spesato bracciante, e Sua Eccellenza il Conte di Belgirate, molto offeso della propostagli meschinità, rispondeva di rimbalzo di volerli spendere tutti e dodici, ma a condizione che il Milanese lavorasse per conto suo, in compagnia di un secondo uomo assunto e pagato dal mezzajuolo. Ludro redivivo non avrebbe potuto trovare migliore appicco per frodare Stentone della piccola fortuna che gli era capitata, e se non c'era Piero, sempre bonario, che si offriva di lavorare pei suoi finchè fosse rimasto in congedo, addio speranza di escavare la viottola e di riempire il fosso!

Stentone perdette l'uso della parola, e Nunziata, che lo avrebbe preso a calci volentieri sotto alle coperte, si limitò a passare tutta la santa notte mandando moccoli ed accidenti in casa dell'Illustrissimo, il quale poveretto ne aveva tanta colpa quanto ne abbiamo noi tutti, e che pure, in grazia del buon garbo di Piero, dormì così bene quella nottata come da solo non aveva dormito mai. A crederci sarebbe un'altra superstizione, ma qualche volta pare proprio che i moccoli ci ajutino a campucchiare un po' meglio.

IV.

Allorchè una persona nervosa sta bene, le pare di essere sempre stata bene, allorchè sta male, sempre male. Essa vede le cose dietro un prisma particolare, il quale non si limita ad agire con vario effetto sul presente e sul futuro, ma arriva persino a colorire a suo modo anche il passato. Fanno il medesimo anche i sogni. Quando uno dorme di buon sonno, gli si abbelliscono le cose brutte, e quando uno dorme male, gli si deturpano in vista le cose belle.

Galeazzo tornò a rivivere, dormendo, la brutta giornata che aveva appena vissuto, ed ogni cosa, nella lieve e delicata parvenza dei sogni, gli assunse meravigliosamente un ben diverso e ben migliore aspetto. Come gli parve gajo e saporito quel povero prete! E che piacere a scrivere dopo, nel caffè di Dolo, un eterno letterone a Maria, mentre due gruppi di politicanti, in abito domenicale, gli dibattevano a lato l'amena questione del Trasferimento, gli uni intercalando a memoria, in mezzo al loro dialetto, le precise parole italiane della Favilla, e gli altri quelle meno italiane della Gazzetta di Mantova.

Che ampiezza di vedute, e che addottrinata copia di espedienti!

Eppure tutto ora gli pareva furbesco, tutto animato di briosa piacevolezza; perfino il più cocente supplizio di poco poi: quel supplizio che udremo tosto narrare da lui medesimo, quando, comandato da Stentone, correva al fosso a raggiungere il soldato, e Giovannona, che gli aveva veduto il viso rifatto a nuovo, gli galoppava dietro tempestandolo di domande.

Il Conte non le fece grazia nè di un membro nè di un inciso di tutti i discorsoni dell'ottimo parroco, e non si sognò nemmeno di arrivare ai carabinieri, finchè non ebbe messo fuori tutta la scienza che i due giornali, l'un contro l'altro armati, avevano cacciato dentro nei loro lettori. Poi:

— Scrivevo già da mezz'ora in caffè, – seguitò a dire, – quando mi vedo addosso una di quelle figure da contadini, guardando le quali non si può capire se s'abbia innanzi un minchione che faccia lo scaltro, ovvero uno scaltro che faccia il minchione. Ne ho già visto parecchie da queste parti.

— Oh che le figure dei contadini non sono come quelle degli altri? – domandò Giovannona molto piccata. – Chi era?

— Era il consueto e salutifero individuo che mi salutava alla sua maniera col suo solito «Salute!» Mi ha raccontato che dipende anche lui dallo stesso padrone vostro, il quale gli ha affittato alcune bifolche di terra, non di molto lontane dalla Casanova. Me n'importava assai!

Che cosa faceva a Dolo?

Domandatelo al buon Dio che me l'ha mandato. Non lo so. Mi ha detto di avere la stalla piena di vacche, e la testa vuota di vizi, e che per carità, anzi per misericordia, vi facessi capire che se voi non vi deciderete assai prima dei sei mesi di tempo che vi siete presa, dovete persuadervi che egli ci lascerà per lo meno la pelle. Ha detto la pelle! Quasichè la corteccia di un avarone che si è fatta venire mezza la pellagra a forza di mangiar poco e male si possa chiamare una pelle!

— E voi?

— L'ho pregato, l'ho supplicato che mi lasciasse in pace, e quando ho visto che non ci cavavo nulla, gli ho detto che perdeva il suo tempo, perchè voi siete furente, ma proprio furente pel vostro Niccolino.

— Che bisogno c'era di dirgli questo? – proruppe l'altra, arrabbiatissima. – Non lo sapeva da sè?

— E se lo sapeva che male c'era a dirglielo?? che forse ne volete sposare due?

— No, ma...

— Ma se Niccolino ve la facesse, volete dire, vi premerebbe di tenere quest'altro a disposizione, non è così? Molto comodo il vostro metodo! E voi, così grossa, avreste il coraggio di sposare un uomo così allampanato? Bella coscienza!

— È lui che mi vuole, non son già io, e in mancanza di meglio...

— Vi rassegnate a restar vedova dopo due anni? Ma io glielo ho detto.

— Vi caschi la lingua! E lui?

— Mi ha risposto che il cor contento lo farà riavere, che vi terrà in dieta, che smagrirete, e che in ogni modo gli basta di sposarvi, perchè una donna così interessata e che vada così bene per lui e per le sue vacche come siete voi, non la trova più neanche a morire. Dunque, morte per morte, meglio due anni con voi che dieci senza. «Almeno se muojo – ha concluso con gli occhi volti in su – son sicuro che le mie povere bestie vanno in buone mani!»

— Meno male.

— Ho aguantato la mia lettera, e son corso a finirla in una osteria. Lo credereste? M'è venuto dietro, s'è messo a piangere, ha tentato più volte di gettarmi le braccia al collo, e tutto perchè? Per dirmi che se lo voleva ammazzare di mala morte, non avevo a far altro che rivelare il vostro segreto, parlando cioè con chiunque, toltane voi, del tempo che avete voluto prima di dirgli di no, o di sì. Sarebbe stato meglio, secondo la sua opinione, che l'esecrato mediatore fosse passato sopra di lui col cavallo, col biroccino, e con una brenta di vino in corpo.

— Lo credo. Non gliela perdonerei di certo, e nemmeno a voi.

— Quanto a me, me ne importa poco, ma tacerò lo stesso, credetelo, non per paura di voi, ma di quell'altro. Se mi fa un'altra scena eguale, ci resto sotto. Ha seguitato tanto che ho dovuto tirar fuori i miei certificati, e correre in caserma.

— Per che fare?

— Per poter finire la mia lettera al sicuro. Altrimenti l'avrei ancora da scrivere.

— Ma allora come c'entro io coi carabinieri? domandò stizzita Giovannona, la quale, tempo addietro, aveva messo gli occhi per miracolo anche sul sottobrigadiere di Dolo, e aveva sperato per tutta la notte di porre in fila un altro vice–Niccolino anche da quella parte.

— Non c'entrate? È colpa mia o dei vostri amori se non ho avuto altro scampo? È colpa mia o dei vostri amori se Geminiano Gualtieri detto Piangi (ho saputo anche il suo nome) ha pensato bene di aspettarmi fuori per tornar daccapo, senza mai quietarsi finchè non gli è riuscito di condurmi in chiesa, e di farmi giurare davanti al Santissimo che non lo avrei mai tradito? È colpa mia o dei vostri numerosi amori se jeri sono andato a Dolo, e se poi, nel tornare con Piangi a notte fatta, ho sentito due voci ingrossate che mi gridavano dietro una per parte: «Ehi! bel mobile di un Milanese! O gamba presto, o botte!» Io non mi ritrovo molto forte in lingua mantovana, ma capisco benissimo che se rimango qui, vi hanno delle persone affettuosamente disposte a picchiarmi, se possono, e avanti che voi mi pigliate un'altra volta ad escire di notte per i vostri numerosissimi amori, via, dovete essere per lo meno già vedova, e di Niccolino, intendiamoci!

— Avete avuto paura?

— Io no, ma è stato Piangi che me ne ha attaccata un po'. Ne ha presa tanta lui!

— Che uomini! Se c'ero io, correvo indietro, e li facevo scappare tutti quanti erano. È bassa di spirito la gente da queste parti.

— Ragion di più per stare in guardia quando può fare del male senza pericolo. Ma perchè ce l'avevano con me?

— Chi lo sa? Forse perchè vi siete venduto senza pretendere paga in danari, e avran paura che il mal esempio attacchi. Essi non sanno che il nostro caro padrone si è accaparrato per sè tutto il vantaggio.

— In che modo?

— Fatevelo spiegare da Piero, il quale è in piedi da due ore, ed avrà già fatto più opera di quel che non farete voi fino alle otto.

E lo piantò così. Voleva parere malcontentissima di lui, tanto per non dargli nulla, e tenere il sigaro per un'altra volta.

*
* *

Eppure Piero non era ancora stato capace di cacciare in terra la vanga. Aveva impugnato bensì la carretta col cor leggiero di un uomo che dopo tanto tempo va finalmente a cavarsi la voglia di lavorare dove più gli giova e molto più gli piace, ma era stato subito rincorso da Peppina, la quale s'era alzata molto prima di giorno per potergli parlare senza testimoni. E quando Galeazzo arrivò al fosso, la giovane era tanto fuori dei gangheri, che la presenza del nuovo venuto non le tolse di dire quasi piangendo:

— M'importa assai che tu mi sposi anche subito, quando ti sei fatto far caporale per il bel gusto di star via di sicuro altri quattro anni. Se tu vieni a casa e poi ti chiamano, pazienza, non è colpa tua, ma fare daccapo un'altra ferma, è il medesimo come se tu avessi principiato adesso. Voglio sposarmi per stare con te, capisci, e non già perchè tu mi vada a fare lo stoccofisso, colla sciabola ai fianchi e col fucile in spalla.

— Queste sono cose da lasciar dire ai bimbi, – rispondeva Piero. – Io ho fatto il soldato abbastanza, e appunto perchè so cos'è, voglio escirne del tutto in altri quattr'anni, e non in altri otto. Tornare a casa, e stare sempre col cor sospeso di esser chiamato da un momento all'altro, è lo stesso che non tornare. Il quattro in otto ci sta due volte, al mio paese, e se in quattr'anni capita, mettiamo, un solo caso di guerra, in otto ne possono capitare due. Ed io, appunto perchè ti voglio bene, ne preferisco un solo. Quando ci avrai pensato, sarai tu la prima a dirmi che ho ragione.

Peppina tirò su le spalle.

— Bada veh, Piero, ch'io son capace di farti una brutta burla!

— No, tu non farai niente, perchè tu vuoi bene al bimbo quanto gliene voglio io.

— Tutti gli vogliono bene e non già tu solo. Che credi? Che nessuno mi piglierebbe per causa sua? Se ci avessi voluto badare, me ne sarebbero già capitati parecchi. E tu per compenso vuoi farmi fare ancora la bella figura di una ragazza col bimbo in collo, oppure mi vuoi sposare così per mostra, col sacco in ispalla e fra una marcia e l'altra. Provati, provati a fare la nuova ferma. Vedrai che scena ti verrò a fare davanti al reggimento!

E diede fuori in un pianto dirotto, senza badare a Piero che la voleva trattenere ancora, pur di quietarla.

— Guardate cosa mi capita! – disse questi nel tornare a Galeazzo, il quale, ben consapevole del buon esempio che aveva già dato la Prussia, avrebbe potuto dirne di belle a favore di Peppina. – Se ci sono uomini al mondo che preferirebbero mille volte di lavorare venti ore il giorno a casa, piuttosto che far niente in caserma e sapere per prova cosa sia la disciplina militare siamo noi contadini quelli. E ancora che mi tocca di esibirmi spontaneamente per altri quattr'anni, ho da avere a casa la giunta di una donna che non capisce nulla, e che per poco non si mette in testa che io lo faccia per gusto. Ditelo voi che mestiere gustoso sia quello, poichè ho sentito che lo avete fatto.

— Ma io... veramente... sono stato volontario.

Se Galeazzo avesse detto chi era, Piero non si sarebbe voltato a guardarlo con tanta meraviglia.

— Che volete? – seguitò quello come per giustificarsi. – I signori del mio paese s'erano tanto infiammati loro, che si sono tirati dietro anche la povera gente. Noi operai non abbiamo già la testa diritta di voi contadini, no, no, ci corre di molto!

Il rimanente di quel giorno corse liscio e silenzioso come tutti i giorni di muso. Muso solito fra Costantina e Pompeo, muso finto di Giovannona verso il Milanese, muso fresco di Peppina contro il suo soldato, muso eterno fra Stentone e la vecchia: insomma una musata generale!

— Ma queste sono pistolettate! – sclamò Piero dopo la mezzanotte, balzando fuor del letto, e correndo a guardare verso strada.

Galeazzo si svegliò di soprassalto, e domandò che fosse.

— Due colpi d'arma da fuoco, a quest'ora, dalla parte della casa di Peppina. Eccone un altro. Voglio andare a vedere.

E si vestì in gran fretta.

— Ajuto, cristiani, ajuto, abbiamo il foco in casa! – gridò subito dopo una voce d'uomo, cui tennero dietro immediatamente moltissime grida di donne e di ragazzi, mentre Stentone, che dormiva dalla parte di corte, e che aveva udito poco e male ogni cosa, picchiava nel muro chiedendo al figliuolo:

— Che è, che è questo rumore?

Fuoco dalla parte di Peppina! – rispose Piero gettandosi giù della scala, seguito precipitosamente da Galeazzo, che avrebbe ascritto a vergogna lasciare che un padre, una madre e sei creature gli chiedessero ajuto inutilmente. – Chiamate Pompeo, Marchino, tutti. Noi due andiamo avanti.

Fu come se una sentinella perduta avesse gettato il grido d'allarme in un campo trincerato. Fa presto, vengo, corri, son qua, chi chiamava, chi rispondeva, chi apriva la finestra, chi brancicava nel bujo, chi tentava inutilmente di accendere un lume.

— Misericordia! – sclamava intanto Piero appena in corte, e col core stretto al pensiero del suo bambino in pericolo. – L'odore di fumo arriva già fin qui.

Era inverosimile, a più di cento metri di distanza, e con un foco quasi appena avviato ma, chi ci avrebbe posto mente in quella confusione? I due giovani corsero verso strada senza quasi toccar terra, e s'imbatterono subito in Peppina che volava loro incontro col suo bimbo in collo.

— Piero, Piero! – urlò costei nel più grave sbigottimento. – Se non erano quei colpi a svegliarci, bruciavamo vivi. Oh Madonna santa che paura!

Piero si levò la giacca e ne avviluppò il figliuolo, che era quasi in camicia come sua madre, e che piangeva di freddo.

— Porto il bimbo alle tue donne, – seguitò Peppina con voce convulsa, – e poi vado a far sonare. E tu corri dai miei. Sono soli.

— Soli? Per lo meno ci saranno coloro che hanno sparato i colpi!

— No, non ho visto nessuno. Va', va', e anche voi, Milanese, andate presto, per amor di Dio!

Piero e Galeazzo andarono di fatto come più presto poterono, ma erano appena giunti sul luogo del disastro, tanto più miserevole quanto più piccola la casa e più grande la costernazione della famiglia di Peppina, che già arrivava Giovannona a prenderli entrambi pel braccio e a dire concitatamente:

— Venite, brucia anche da noi.

— Dove? – domandò Piero, che avrebbe dovuto immaginarselo prima.

— In fienile.

— E il mio bambino? E Peppina?

— Fuggono in paese.

— E le bestie?

— Scansatevi che ne passa una. Le abbiamo già sciolte tutte.

Queste furono parole scambiate dai due mentre correvano a casa, con Galeazzo a lato, e mentre questo era stato ad un pelo di cascar sotto ad un bue, il quale, alla vista del fuoco di Peppina, aveva girato mugolando sopra se stesso, per fuggire, sempre più spaventato, da un'altra parte.

Il fienile della Casanova stava sopra la stalla e aderiva col granajo, il quale, alla sua volta, stava sopra la casa di abitazione. Ne veniva di conseguenza che le travi del soffitto servivano a sostenere un tetto solo, un tetto unico, il quale da una parte copriva il fienile, dall'altra il granajo, con un muro in mezzo.

Il pericolo della casa, e più ancora quello del granajo, così contiguo al centro del fuoco, erano dunque grandissimi, come accade quasi sempre in molte fattorie di vecchia costruzione, dove non c'è di isolato che quel che preme di meno, vale a dire la barca del pagliajo, il forno ed il porcile. E questo appunto era il bel caso della povera Casanova, se pur non vuoi aggiungere, in suo profitto, la piccola stamberga del bifolco Marchino, la quale era stata costrutta dopo, accanto al lavatojo, nel più remoto cantuccio della corte.

Quando Giovannona era corsa fuori a chiamare Piero, il fumo solo dava ancora l'indizio più preciso del luogo donde veniva, ma di foco, per il momento, non apparivano che piccole tracce, ora sì ed ora no, nell'estremo lato del fienile, dove stava covando. Ma cosa seria doveva essere egualmente, a giudicare dal fumo che, respinto giù dal tetto, invadeva tutta la corte e per poco non toglieva il respiro. Tanto seria che ogni esperto (ben consapevole di non poter sperare che degli ajuti assai più tumultuari che veramente efficaci) doveva smettere ben presto ogni lusinga di salvare stalla e fienile, ed ascrivere piuttosto a gran fortuna se gli fosse venuto fatto di sottrarre alla distruzione il rimanente del fabbricato, cioè la dimora e il soprastante granajo.

Stentone se ne era persuaso il primo, lui che primissimo si era avveduto del fuoco del fienile e nell'atto stesso che faceva sciogliere le bestie da Marchino e da Pompeo e le spingeva fuor della stalla, bastonandole a furore perchè fuggissero di qua e di là, gridava ai suoi di sgomberare la casa, e correva in granajo per provvedere, più livido di un morto, alla salvezza del frumento e del granturco.

Ma come salvarli entrambi senza aver tempo di farli scendere nei sacchi, allo stesso modo come erano saliti? Non rimaneva altro partito che quello a cui ricorrono in simili occasioni tutti i contadini. Levare, cioè, parecchi mattoni dal pavimento del granajo, altrettanti a quello del piano di sotto, e mandar giù il grano alla rinfusa, anzi alla mesco–lata, lungo i due buchi aperti l'un sotto l'altro, che lo conducono direttamente al pian terreno, dentro un mastello messo sotto espressamente, che ne accoglie quanto più ne tiene e che, appena colmo, si porta subito a rovesciare nell'aja. Povera grazia di Dio!

Ma ci voleva sempre un po' di tempo, anche a smuovere quei pochi mattoni, con Nunziata e Pompeo intorno che andavano avanti e indietro per buttar giù dalla finestra quella parte di masserizia che poteva arrivare a terra senza grave danno! Costantina, che aveva già fatto più viaggi verso casa sua, col grembiule pieno di salami, di piatti e di stoviglie, si poneva poi sotto la finestra per acchiappare a volo quanti più lenzuoli e camicie le capitavan al bujo dentro alle mani, ma disgraziatamente non ne aveva che due, e se qualcuno non veniva presto ad allontanare ben bene dal fuoco tutta la roba che volava a terra, c'era forse, almeno per il momento, più pericolo che arrivasse qualche scintilla lì davanti la porta, che non già nelle camere da letto.

Quando Piero e Galeazzo comparvero di bel nuovo a casa, la campana a stormo batteva a colpi fitti dalla chiesa, e Nunziata strillava dal primo piano, chiamando gente. Ciò non ostante essi videro subito che per poter portar fuori la mobilia grossa, come gridava lei, bisognava aprirsi il varco nella corte, e trascinare in là i materassi e i paglie–ricci che erano piombati giù i primi, e che Costantina non aveva ancora potuto smuovere. Difatti, in men che non si dica, il grosso mucchio di tutta quella roba straziata aveva almeno cambiato di posto, e già sfilavano lungo la corte e letti e tavole, e sedie e canterali, portati a braccia un po' da tutti, col povero Galeazzo che meno pratico degli altri urtava ogni momento dei gomiti nei muri della scala, dove cioè meno giungeva la fosca luce dell'incendio, che già principiava altrove ad illuminare bene o male ogni cosa.

Ma ormai i due buchi pel grano erano già aperti, e ci voleva qualcuno che portasse fuori il mastello pieno, e ne approntasse uno di vuoto continuamente. Marchino e Stentone, da soli, non bastavano e le poche braccia di casa avevano ancora un bel che fare colla mobilia. Come mai non compariva nessuno? L'unico a farsi vivo era stato il solo Piangi, ma era subito scomparso con Giovannona che lo aveva agguantato per il vestito, trascinandoselo dietro su per le scale. Dove erano andati e che cosa facevano? Stentone si affacciò ad una delle finestre verso strada, e dette dentro col corno come

Orlando a Roncisvalle, ma non ne ebbe altro costrutto che di vedere la gente passargli innanzi la porta senza punto fermarsi, quasichè non ci fosse stato altro incendio che quel di Peppina.

— Perchè, perchè mi abbandonate tutti? – gridava il disgraziato dalla finestra. – Volete lasciarmi bruciare il grano?

— Ci penserà il vostro Illustrissimo! – gli rispose una voce. Noi andiamo dove c'è più miseria!

E via. Su per giù, chi con la scusa che dall'altra parte c'erano degli innocenti, chi additando la piastrella dell'assicurazione che spiccava, di giorno, a lettere d'oro sulla gran porta della Casanova, risposero tutti allo stesso modo.

Bella soddisfazione per un pover'uomo che il signor Concomodo avesse assicurato lo stabile, mentre egli, Stentone, rischiava di rimetterci la polenta. Con quattro bocche in casa che per poco non gliela scemavano d'uno stajo ogni sei giorni.

Mandò all'inferno di tutto cuore il genere umano; diede ordine a Marchino di spingere il grano in giù senza aspettare che ci fossero i mastelli sotto, e poi, tanto per potere scendere, passò a cavalcioni sopra il suo letto nuziale, che era in viaggio allora lungo la scala, e che, essendo il più grande di tutti, stentava di molto a passare. Fece per tirarsi dietro od uno dei due figli o il Milanese, ma bisognerebbe ignorare affatto che cosa diventi una contadina maritata quando abbia il suo letto in ballo, per non imaginare l'ira di cui si accese la vecchia all'empio tentativo. Non gli rimase altro a fare che raccogliere alla meglio con una pala il mucchio di grano già arrivato giù, correre in tinaja a prendere i mastelli, empirne mezzo per volta, e portarselo fuori da solo. Da solo! chi lo avesse guardato bene quando andava e veniva a gambe larghe, col busto cacciato indietro, e col mastello che gli batteva ad ogni passo sopra le ginocchia, senza che egli trovasse mai la forza di levare gli occhi per guatare come mettevano le cose in fienile, quello avrebbe potuto ben dire di avere visto il dolore nel suo più rude e genuino aspetto!

II.

Senonchè Domeneddio., che lo poteva vedere davvero, ebbe finalmente misericordia di lui. Dopo cinque o sei di quelle corse dalla cucina all'aja, Giovannona e Piangi accorsero dal portone di fuori e, come gente avvezza, afferrarono il primo recipiente che venne loro sotto le mani, lo fecero traboccare di roba, infilarono la stanga, e riapparvero col mastello vuoto quando Stentone aveva appena fatto a tempo a prepararne uno di pieno. Costui, che li credeva entrambi di sopra con la vecchia, avrebbe potuto chiedere come diamine erano saltati fuori a coppia dal portone, e di dove venivano a quell'ore bruciate, ma buon per lui che quello non era momento da domande! Altrimenti avrebbe saputo che Giovannona, in luogo di pensare alla roba di tutti, non aveva avuto in core che la propria, e appena rimorchiati a casa i due giovani, aveva raccolto in due fardelli tutto il suo famosissimo corredo, e mezzo addosso a Piangi, mezzo addosso a sè, lo aveva portato in paese tutto. Da Costantina ci poteva star bene la roba degli altri, così vicina al foco, non la sua – pensava essa nel correre – mentre il povero Piangi, con tanta biancheria da letto sulle spalle, aveva avuto voglia di chiedere a tutti se fosse poi giusto che egli dovesse bagnar la camicia per i dolci riposi del suo rivale.

Ma ora che la vecchia sta finalmente per mettere in libertà i suoi tre uomini, e che costoro, rinforzati da Marchino, scendono anch'essi a terreno, la salvezza del grano, affidata così a sette persone, non può non diventare assai presto un fatto compiuto, e nulla ci vieta di parlare un pochino, così in astratto, degli infortunii di questo genere.

Gli incendii che partono dai fienili bene empiuti (cioè quelli dove il fieno sia stato calcato a forza nel più breve spazio possibile, e dove non si trovi nemmeno il più piccolo fuscellino di paglia) possono spegnersi talvolta in sul principio da chi abbia modo e braccia di mandar su regolarmente moltissima acqua, ed un intero esercito di lenzuola bagnate. Ma quando manchino e il modo e le braccia, sogliono produrre effetti assai più gravi di quel che non si sarebbe creduto alla vista del foco in azione. Fin che covano, non c'è naturalmente nulla di più tranquillo, e quando pure le prime fiammette principiano a lambire muri e pilastri ed a spingersi in su verso le travi, anche allora (ammesso bene che non tiri vento) si metterebbe quasi pegno di poterne venire a capo e senza pompe e con poche braccia, e con una certa facilità. Dopo invece si trova sempre che la distruzione è andata piano sì, ma abbastanza lontano per non fare grazia che ai muri, e si capisce che se il foco ha impiegato un certo po' di tempo prima di dir davvero anche in su verso l'armatura, è stato soltanto perchè, alimentato di roba leggera, non poteva così subito trovare la forza ed il calore che ci volevano per fare buona presa sui legnami grossi.

Addio! Questo momento è già venuto per il rustico della Casanova! Una trave a mezzo il tetto di esso rustico è già data giù, come un enorme tizzone ardente, sopra il pavimento del fienile, il quale, troppo debole per reggere all'urto della mezz'ala di soffitto che la trave si tira dietro, sprofonda alla sua volta dentro la stalla, e alla vista già paurosa della ruina s'aggiunge quel fragore quasi metallico e stridente che è proprio delle tegole, dei cornicioni e dei calcinacci quando vanno a rompersi a precipizio di qua e di là. Il foco, più libero, s'innalza vittorioso a vampate intermittenti dove il tetto non lo costringe più, la luce si fa più viva, e tutta quella povera gente, presa di terrore, o mette le mani al capo per vedere e udire il meno che può, o fa il segno della croce, o si getta in ginocchio addirittura. Che brutto momento! Tanto più brutto quando uno, fosse anche estraneo, ci capiti accanto in mezzo a poca gente. Figurarsi poi una persona di casa!

— Qua! – gridò Stentone, primo a riaversi dello sbigottimento, mentre sollevava di peso una lunghissima scala a pioli. – Qua tutti. Se noi non tagliamo il tetto, va al diavolo anche la casa!

— Lasciate che vada ora, che è vuota! – proruppe Nunziata. – Volete rompervi il collo per amore del padrone? Così bene che ci tratta lui!

Quegli non intese, o non volle intendere. Mise a posto la scala ajutato da Galeazzo, che non era trattenuto come Piangi o come i ragazzi di casa nè dalla paura, nè da nessuna donna, e poi su tutti due un dietro l'altro sul tetto della abitazione, con nient'altro in mano che un sol pajo di quelle medesime stanghe che avevano servito poco prima ad esportare il grano. Erano lunghi tutti due, ma veduti così dal basso all'alto, con quella maledetta luce che li involgeva a sprazzi di sotto in su, parevano più lunghi ancora.

— Ed ora che si fa? – domandò Piero, che per non lasciare il padre col solo Milanese accanto, si era subito svincolato dalle donne, e appariva alla sua volta con un'altra stanga.

Stentone rispose coll'esempio. Principiò a scoperchiare il muro che divideva il fienile dalla casa, gettando le tegole soprastanti in mezzo alle fiamme, e quando, coll'ajuto del figlio e di Galeazzo ebbe finito bene, disse ad entrambi:

— Giù alla svelta, giù alla svelta! Mettiamo le stanghe sotto, facciamo leva sul muro e giù!

Giù alla svelta che cosa?

Le travi in fiamme, s'intende. Il tetto era uno solo per tutto il fabbricato, è vero, ma tutti i legni dei suoi due lati s'appoggiavano al muro di mezzo senza punto combinare insieme, per la qual cosa, volendo isolare bene quella metà di travatura che stava sopra l'abitazione, tuttora salva, bisognava smuovere, non ostante il frescolino che alitava intorno, tutti i grossi legni già arroventati dell'altra metà, e smuoverli tanto, fino a che, privi dell'appoggio del muro, fossero precipitati, per la breccia aperta poco prima, giù giù fino al pavimento della stalla... cioè adagio, non è più una stalla quella, è uno spaventoso centro di luce, che tinge di rossastro i globi di fumo che gli si son fatti intorno, e lascia così in una penombra apparentemente più desolata e più cupa quegli oggetti appunto dove meno arriva.

— Piuttosto che strillare tanto, – sclamò Piero verso le donne, nello scendere a terra il primo a taglio finito, – facevate meglio a bagnare quanti lenzuoli avete, e a coprirne le porte e le finestre di casa, specialmente quelle della tinaja. Non sapete che un po' d'aria si può sempre levare da un momento all'altro?

Oh sì che Giovannona fu ben contenta di aver portato in salvo le lenzuola sue! Anche la madre non voleva a nessun costo dare le proprie, ma come impedire a Stentone di prendersele, ora che erano tutte a fascio in casa di Costantina? Più che starlo a guardare quando ne usciva con una bracciata piena, e trattarlo bene di matto furioso non poteva fare!

V'imaginate la povera Casanova con tutti i vani e gli affissi coperti di pannilini fradici intinti, e con un tal braciere a fianco da cuocere le uova a dieci braccia intorno? Un poeta avrebbe potuto dire che essa pareva una bicocca sinistramente imbandierata, la quale si preparasse a vedere sfilare una lugubre e fantastica processione, con accanto il rogo acceso per accogliere la vittima; ma buon per essa che Stentone non era punto poeta, e che la furia sempre più vorticosa delle fiamme, che già mugghiavano più che non stridessero nello spazio lasciato in loro balìa, lo persuase a tornare sul tetto, ed a coprire di roba molle tutta quanta l'ala salvata, dove le faville, a cagione dell'altezza, non avevano tempo bastante di spegnersi nello scendere. Altrove sì che ce l'avevano il tempo, e vedute così a quella gran luce, che omai di rossiccia si era fatta bianchissima, si potevano quasi numerare una per una, finchè, mutate subitaneamente in pulviscolo di cenere, scendevano tremolando a terra, come tanti fiottolini di candido nevischio.

Omai la scena si era fatta molto bella. Ma più bello ancora era l'udire il povero Stentone, appena ridisceso, gridare alla moglie ed alla figlia colla grinta che fanno gli uomini i quali vanno in bestia poche volte in vita loro, ma quando ci vanno, guai!:

— Che assicurata o non assicurata! Io ho avuto in consegna una fattoria, e non una cesta di carboni da ardere! È mio dovere di tenerci, e fin che posso, ci tengo. O vi preme più la roba che la coscienza, svergognate che siete?

Cos'è mai l'egoismo! Un po' meno renitenti di giovare al prossimo che fossero state quelle due donne, e avrebbero ben capito da sè che razza di vantaggio non era anche per esse l'avere in piedi la casa di abitazione. Importava di molto che due mesi dopo gliel'avessero tornata a fare anche un po' meglio!

III.

Ora che la parte più importante del rustico è già bell'e andata, ora che la casa di abitazione è già quasi fuor di pericolo, ora è il momento buono per il signor Concomodo. Eccolo che arriva in berretta da notte. Ascoltiamolo pure. È un soccorso di Pisa come tanti altri.

— Com'è stata? Com'è andata? In che modo? In che maniera?

Silenzio universale.

— Ma è proprio vero che si sono sparati due colpi sotto le finestre dell'altra casa bruciata, e che poi gli sparatori non si sono più visti?

— È vero, sì, – rispose Piero. – Io li ho uditi benissimo, e sono corso subito sul luogo, senza avvertire che bruciava anche nel nostro fienile, ma non ho trovato che le persone di casa, molto più spoglie che vestite. Anzi Peppina mi ha detto subito che senza quei colpi sarebbero morti tutti.

— Allora la bricconata è palese. Il nostro fuoco è stato appiccato volontariamente, e per paura che la gente ci ajutasse a spegnerlo, si è scelta una povera famiglia qui presso, e si è fatta la stessa burla anche a lei. Così era certo che tutti sarebbero corsi a dar mano a quei poveri disgraziati là, e che la fattoria dell'Illustrissimo sarebbe andata in cenere come una fascina ardente.

— Ma allora come si spiegano i due colpi? – domandò Pompeo.

— Oh bella, il mal'animo ce l'avevano con noi, non con quegli altri, – proruppe Giovannona. – Hanno visto che seguitavano a dormire tranquillamente e li hanno svegliati. Come sei lungo a capire le cose!

Stentone, benchè immantinente compreso della perfetta verisimiglianza di questa spiegazione, rimase colle due mani strette al capo a guisa di uno il quale non sapesse capacitarsi di una così nera e sottile bricconeria, finchè il signor Concomodo lo prese pel braccio, e tirandolo da parte coi figliuoli, domandò a tutti sommessamente se non avessero sospetti su qualcuno, e più specialmente su quel bracciante forestiero che l'Illustrissimo, per far piacere a loro, aveva dovuto accogliere e stipendiare del proprio.

Bello stipendio!

— Sì, appunto sul forestiere! – rispose Piero vivacemente. – Non si è mai mosso dal mio fianco da jermattina in qua, e ha rischiato la pelle quanto noi tutti per salvare la casa. Fossi io il padrone, e voglio morire se non gli darei subito uno scudo!

Mentre Nunziata principiava di buon'ora a stare attorno al signor Concomodo perchè facesse ben rilevare in alto luogo il gran rischio che aveva corso suo marito per salvare, da solo e con grave danno della propria biancheria, tutta quanta la casa di abitazione (cotesto essendo un merito che le buone aziende assicuratrici sogliono pagare e ben volentieri in contanti) e mentre il sullodato segretario, per darsi un po' d'importanza, tirava fuori una serqua di vedremo, penseremo, provvederemo, Giovannona si guardò attorno in cerca del Milanese, e vedutolo innanzi la casa di Costantina che si lavava il viso affumicato, gli raccontò della interpretazione del signor Concomodo, e poi disse:

— Volete sapere chi è stato?

— Lo so da me, – rispose Galeazzo. – Probabilmente uno di quei tali che mi hanno gridato dietro: «O gamba presto, o botte!» Entrambi direi di no, perchè non sono cose queste che si facciano a due.

— Con quell'animale di Piangi che è nato qui, che non è stato capace di conoscerne almeno uno!

— Lo avesse anche conosciuto, e bene, come vorreste provare che fosse il medesimo senza averlo rivisto, colla luna che aspetta ora ad alzarsi laggiù, e coi sentieri di campagna che egli avrà battuto per arrivare da Peppina e qui? È tanto facile sostenere che a mezzanotte si stava schiacciando il primo sonno!

— Allora acqua in bocca e non diciamo nulla. Se no, mio padre se la piglierebbe meco inutilmente.

— Perché?

— Perchè sono stata io che l'ho indotto a fermarvi.

— Che cosa importa! Volete che vi abbiano giocato un tiro eguale solamente per cagion mia? O c'erano forse braccianti forestieri e mal pagati anche nelle case bruciate qui presso tempo fa?

— No, ma in ogni modo quando a parlare non ci si guadagna, neanche a tacere non ci si rimette nulla. O altrimenti dovreste dire a tutti cosa eravate andato a fare a Dolo, e chi vi aveva mandato, e quello che vi hanno risposto, e che so io.

— Ah così, ora ho capito bene!

— Ce n'è voluto! Parete una comare qualche volta. Non vi quietate mai. Almeno Piangi che è un imbecille mi ha capito subito!

*
*   *

Più le impressioni sono vive e svariate, più il tempo pare lungo: è una cosa che ognuno può provare sopra di sè. Allo spuntar del sole, quando la stalla era ancora coperta di cenere, di rottami, e di piccoli focherelli tuttora accesi in terra nei cantucci, e quando a guardare più in su non ricorrevano innanzi che muri rozzi e pilastri scemi, allora, se la famiglia di Stentone avesse avuto voglia di misurare colla memoria il tempo trascorso, avrebbe visto che notte eterna non le sarebbe sembrata quella!

E la mattina di poi! Riunire le bestie sparse pei campi e metterle a mangiare il verde nelle stalle vicine, senza una sola manata di fieno da porre loro innanzi per boccone ghiotto; dividere il maiz dal frumento facendoli volare entrambi col ventilabro, e giovandosi del fatto che il grano, lungo e sottile, si ferma dove cade, laddove il formen–tone, poco men che rotondo, gli trotta innanzi nell'aja; mettere un po' d'ordine nelle masserizie e prepararle così ad un più facile ed espediente ritorno a casa; e poi, per ultimo, dar retta ai curiosi che ora, a disastro in parte scongiurato, parevano spuntar di terra come gli asparagi e che, piena la bocca di «oh» e di «ah», volevano pur sapere cosa, quando, come e qualmente.

57

Non appena i medesimi curiosi principiavano poi a scambiare tra di loro le impressioni proprie, era come sempre costante e notevolissimo il fatto che ognuno di essi non tralasciava mai di raccontare dove era e che faceva quando aveva avuto il primo sentore della disgrazia, e i molti supposti erronei che aveva dovuto fare prima di sapersi dire con esattezza quali fossero precisamente le case colpite. Importava di molto, direte voi, ma tutto ciò che accade costantemente ha sempre un suo particolar valore, quando pure, nei casi come questo assai probabilmente delittuosi, non si voglia tener conto della istintiva tendenza che doveva spingere tutti ed ognuno a stabilire, fin dapprincipio, come una specie di universale alibi.

I due fuochi, sul far dell'alba, erano stati visti naturalmente anche assai da lunge, e chi degli accorsi li aveva creduti più grossi, e chi più piccoli, e chi uno solo, e chi più di due. A Dolo s'era sparsa la voce che bruciasse addirittura tutta Coronaverde, al punto che il magnanimo Ritenete aveva sentito il bisogno di porre in capo il berrettino listato d'argento, e di portare sul luogo, con la propria persona, quel gran conforto che viene agli infelici quando sentono arrivarsi intorno il primo olezzo dell'autorità.

La sua prima tappa fu alla casa di Peppina, che omai aveva più l'aria di una piccola fornace disfatta che di una casa, e di lì, colla testa piena di quella parte di masserizia che era andata in fumo, e che Genoveffa, la madre, gli aveva più volte noverato piangendo, s'avviò a passi cogitabondi verso la Casanova, e capitò in bocca di Pompeo e di Nunziata, come dire di quei due che appunto ci volevano per chiarirgli bene, con semplici e brevi parole, i truculenti fatti di quella sciaguratissima notte. Ora il povero Ritenete era un essere impagabile quando si trattava di spiegare le cose ai contadini, ma sarebbe stato difficile trovarne un altro più lungo a capirle, nonchè a ritenerle per conto proprio, e avanti che mamma e figliuolo trovassero modo di fargli bene classificare in capo tutti gli indizi del grave misfatto: cioè la ignota provenienza dei due colpi e la perfetta contemporaneità dei due fuochi, un altro, con un po' più di vera ritentiva, ne avrebbe saputo abbastanza per dar adito ad una mezza dozzina d'inchieste. Buono che per sapere un po' meno male le cose, almeno qui da noi, val sempre meglio non fare inchieste che farne.

Il povero messo si contentò invece di raccomandare a Stentone ciò che senz'altro soleva raccomandare da vent'anni a tutte le vittime di tutti gli incendii: vale a dire che corressero subito a far la denunzia, perchè altrimenti avrebbero avuto addosso, oltre al foco, anche il tal articolo del codice, o il tal paragrafo della Legge di Polizia. Poi, come uomo abituato a cavare quanti più poteva servizi da ogni e qualunque suo viaggio, principiò a picchiare colle palme delle mani sulle proprie saccocce da petto, e ne trasse fuori, coi danari e la prima lettera per Galeazzo, anche un secondo biglietto di Maria, arrivato di fresco il giorno prima, e che essa aveva scritto in furia alla Brena, appena tor–nata dalla sua infruttuosa gita a Coronaverde. Bisognava bene che venisse di così vicino per poter essere un biglietto fresco! Diceva:

«Avrai inteso che sono arrivata prima io alla Casanova che non la mia lettera di tre giorni fa, e avrai capito che ho dovuto scappar via di corsa per paura che tu non ti tradissi vedendomi. La prima volta che mi scrivi, raccontami cosa t'han detto di me i tuoi contadini, specialmente la ragazza di casa, quella grossa, che non mi può patire. E seguita pure così, chè sono assai contenta..
«MARIA».

«P. S. La balia è per la povera marchesina Paola, che è stata così sfortunata colla sua brianzola della prima volta. Dunque rimettila in mente alla tua vecchia mezzajuola, che pare una buona donna, e se non basta, voltati intorno e guarda anche tu. Una donna già innanzi nei nove mesi è una donna che si vede. Addio».

Un povero diavolo che appena appena avesse saputo leggere non avrebbe stentato tanto a decifrare i due messaggi quanto ci stette Galeazzo. Maria che nel primo annunciava il suo arrivo alla Casanova, e che diceva nel secondo di esserci già stata! E Giovannona che non la poteva patire! E Nunziata in odore di bontà!! E la balia!!!

Quando vide che a voler mettere insieme i termini del dilemma c'era da rompersi il capo senza evitare per questo di dar dentro nell'inverosimile, cioè nell'assoluta impossibilità di non aver poscia trapelato nulla, s'accostò adagio a Costantina, occupata a lavare una parte dei lenzuoli che avevano prima difeso le finestre, e sedendosele accanto, per inghiottire più comodamente la prima fetta di polenta fredda, le dimandò a bruciapelo:

— È vero che domenica è stata qui una signora a cercare una balia?

— Sì. La padrona della Brena. Come l'avete saputo?

— L'ho sentito dire là in corte dalla gente venuta a veder l'incendio. S'è fermata molto tempo?

— Più di un'ora, e fu poco avanti che arrivasse Piero.

— Ma io non ne ho mai sentito parlare!

— Lo so bene. Èstato proibito a tutti.

— Da chi?

— Da Nunziata e da Giovannona.

— Perchè? Dite pure liberamente. Io tacerò.

— Perchè la contessa s'è offerta di prendervi lei, se non facevate per loro, ed esse hanno avuto paura che voi le piantaste in ogni modo.

— Come dire che mi tengono volentieri?

— Par di sì.

— E mi trattano a polenta asciutta dopo la notte che ho passato per amor loro?

— È una giornata di confusione questa; bisogna mettersi nei panni di tutti.

— Ma intanto il vostro caro Pompeo, che non s'è mai spiccicato per tutta la notte dalle sottane di sua madre, aveva in mano or ora un bel pezzetto del pollo di jer l'altro. S'è pur trovato quello in mezzo alla confusione!

Costantina attorcigliò uno dei suoi lenzuoli fin che parve una grossa gomena da bastimento, e roteandolo più volte in aria, lo fece cadere a colpi concitati sopra il panchetto, senza mai rispondere nulla.

— Mi bagnate! – sclamò Galeazzo levandosi in piedi.

— Scostatevi, non posso a meno.

— Eppure la sbornia dell'altra sera e il pezzetto di pollo di questa mattina mi avevano fatto venir voglia di darvi un buon parere.

— Quale? Che mi levi Pompeo di core!

— Già.

— E chi ci devo mettere? – domandò Costantina col più malinconico dei suoi sorrisi.

— Chiunque, purchè cambiate. Un diavolo caccia l'altro.

— Val tanto come dire che uno resta sempre. Allora tanto vale che mi tenga Pompeo.

— Guai quando le donne ricorrono spontaneamente alla logica! Non hanno mai tanta voglia di rompersi il collo.

IV.

— Dov'è andata Giovannona che è corsa fuori come una disperata? – domandava intanto la vecchia dalla porta dell'andito?

Piero, occupato in mezzo alla folla ad aggiogare un par di buoi, si volse a Peppina, che gli stava accanto col bimbo in braccio, e le chiese piano:

— Lo sai tu?

— No davvero! – rispose Peppina alzando molto la voce perchè udisse anche la vecchia. – Ha liticato or ora con Ritenete, e poi è corsa a furia verso il paese:

— Che avevano?

— Gli ha detto che, con tutte le sue pretese, non è nemmeno capace di fare lo sbirro bene.

— A proposito di che?

— Non lo so. Ho udito solamente che ora nominavano D. Angelo, ed ora Niccolino.

— Guardate, – sclamò la vecchia stringendosi nelle spalle, – se è roba questa da pensarci oggi!

E subito Peppina:

— Se non vi dispiace, Piero, mi fate la carità di portarmi la roba al coperto nella casetta del campanaro? È vuota fino a S. Michele, e mia madre l'ha potuta prendere a pigione per mezzo marengo.

— M'ha da piantare coi letti in corte? – domandò Nunziata un po' aspramente.

— Per noi che rimaniamo qui, più si aspetta a portar dentro e meglio è, – rispose Piero. – Dite piuttosto a Pompeo e al Milanese che si facciano ajutare da tutta questa gente, e che gettino sulla stalla quanta più acqua possono, o altrimenti il fuoco può covare anche una settimana. Io in due ore vado e vengo, e quando tornerò, se non ci sarà più pericolo, sgombereremo.

— Almeno mandatemi Giovannona, se la trovate.

— Arriva ora. Vedo il suo fazzoletto che trotta verso casa, – rispose Peppina.

— Dov'è?

— Di là dalla siepe. Ora si vede tutta. Pare arrabbiata ancora.

Chi avrebbe supposto due vittime di due recenti calamità in quelle due donne che se la discorrevano quasi accademicamente fra di loro con tanta gente in mezzo? Ma i contadini sono fatti così. Più urlano e più strepitano quando hanno l'acqua alla gola e il fuoco alle calcagna, e più presto si rialzano a pericolo cessato od a fatto compiuto, e se non capitano poi sul luogo nè signori da infinocchiare, nè agenti fiscali da intenerire, è meraviglioso vedere come poco si dolgono in proporzione di prima. Sarà religione, sarà apatia, sarà quel che volete, ma è così.

E così lasciamola, senza punto badare alle due lunghe catene viventi, che mandarono tosto ad effetto i consigli di Piero, e che però si fecero correre i secchi da mano a mano, e li rovesciarono in giro sopra la stalla, come se fosse stata un'ortaglia in tempo di gran secca. Ora il momento è così solenne che non si può aver occhi per troppe persone, ed anzi ci verrebbe quasi voglia di andar a capo, e di scrivere a lettere majuscole: Qui principiano

E principiano per seguitare fino alla fine di queste scene, ben inteso.

La quale Giovannona, appena arrivata a casa, aveva subito preso uno strofinaccio, e si era messa a pulire della cenere e della fuliggine tutta la mobilia schierata in corte. Ma quella sì che era ben pulizia! Un po' più fini che fossero stati quei mobili, e per lo meno ci avrebbero rimesso la vernice, tanto li stropicciava di cuore, anzi rabbiosamente.

A un tratto, quando il suo volto, e per la fatica e per la mal celata agitazione dell'animo, era già diventato, più che rosso, acceso, bastò che voltasse un momento gli occhi attorno per mutare di colore addirittura, come se tra per l'ira e tra per la sorpresa, si fosse sentita venir caldo e freddo.

Che aveva visto di tanto spavento? Nient'altro che Niccolino, il quale accorreva precipitosamente verso la sua diletta, colpita dalla sventura, nella pia speranza di ravvivarne gli spiriti lassi, col forte alito del suo giovine amore. Come era scalmanato anche lui! E che mestizia in quel suo volto così bene atteggiato del più profondo interessamento!

Giovannona, pur di ricomporsi alla meglio, seguitò a lavorare più alacremente di prima, come se non lo avesse nemmeno veduto. Poi, quando l'altro le fu presso e cominciò subito a giustificare il suo ritardo e a chiederle particolari:

— Va' a vedere, – rispose senza smettere di strofinare. – Poi ti narrerò ogni cosa.

Niccolino rimase un pochino brutto. Ma poi, visto che quella non era precisamente la giornata delle cerimonie, e che Giovannona aveva sempre avuto l'abitudine di parlargli assai poco, credette bene di non insistere e di andare docilmente a vedere.

Non fosse mai ritornato! Giovannona, che si era intanto riavuta assai bene, gettò lunge lo straccio, e piantandogli in viso una occhiata lunga, ferma, tagliente, gli domandò a mezza voce, con tutto il garbo di cui era capace:

— Quando è che muori?

Niccolino, preso alla sprovvista, si guardò intorno come per vedere se erano uditi, e chiudendo un occhio, ed arricciando in su la estrema punta del labbro superiore, parve dire a sè medesimo:

— Ci sono!

E l'altra daccapo, ancora più piano:

— Quando è che muori?

— Ma?! – rispose Niccolino come uno che tentasse di metterla in ridere. – Non ho mica molta fretta, io.

— No? Ma un giorno o l'altro ci arriverai egualmente, si spera! E tu allora dimmelo, avvisamelo prima.

— Perchè?

— Perchè voglio aver tempo di vestirmi di rosso, – proruppe Giovannona senza punto gridare, e con un breve ma feroce sorriso.

— Che discorsi! – sclamò l'altro scandalizzato, mentre poneva prudentemente una sedia davanti a sè.

— Non aver paura, – seguitò quella con la stessa manierina di poco prima. – Qua non ti tocco, perchè c'è gente, ma guarda bene di non passarmi più davanti la porta, guarda bene di scantonare assai prima, di girare assai lontano, perchè se mi vieni sotto e che nessuno ci veda, puoi essere sicuro che al meno meno... ti strozzo.

Niccolino avrebbe avuto voglia di domandarle che cosa di peggio gli avrebbe potuto fare al più al più, ma perchè Giovannona, nel proferire le due ultime affettuose parole, non era stata capace di rattenere la propria voce, così egli credette bene di non aggiungere nuova esca al fuoco, e di girare, come suol dirsi, la posizione:

— Senti, – disse, – io non son qui per dire che tu abbia torto, no in verità, dico anzi che tu hai troppa ragione, ma lasciami parlare, ma ascoltami un mezzo momento. Chi avrebbe potuto supporre che tu, stando qui e col foco in casa, sapessi di già quello che io, sul luogo, non ho saputo che jeri soltanto? Come non vedere quanto altrimenti sarebbero andate le cose, se io avessi potuto venir qui colle buone oggi o domani a confessarti ingenuamente la mia disdetta!

— Disdetta!!? – proruppe Giovannona, crollando il capo concitatamente.

— Sì! Ne ho colpa io se non ti poteva vedere che ogni settimana, e se quell'altra mi veniva sotto gli occhi ogni momento?

— Ah non ne hai colpa? Dopo che sei venuto da me fino a jer l'altro, e dopo un anno che seguitavi ad imbeccare tua madre perchè facesse finta di non volere nuore in casa?! Questa sì che è accettata subito, non è vero? Buon per lei che sta con suo zio, e che suo zio porta il Signore in mano, o vorresti vedere quante gliene andrei a dire oggi stesso! Ma verrà fuori di canonica, ma la vedremo uscir di chiesa col velo bianco in testa!... Proprio il velo che ci vuol per lei! E allora... oh allora sarà moglie di suo marito, più che nipote di suo zio; allora le potrò dire che ha fatto bene a contentarti presto, perchè se fosse andata, fra noi due, a chi si decideva prima, o doveva essere lei quella, o le campane, alla tua morte, avrebbero sonato a festa come pei bimbi innocenti! troppo dire così? Una trista che si è messa d'accordo con un pari tuo, e mi ha lasciato andar di mezzo un anno pubblicamente! Ma Dio mi vendicherà. Ti varranno di molto quindici marenghi di dote, con una donna che è abituata a spazzare la strada col mezzo braccio di coda che si tira dietro. Chi sa che non campiate tutti due contro i vostri meriti, e ch'io non abbia la soddisfazione di scappellottarvi i figliuoli, giusto proprio davanti alla mia porta. Ma gliela darò lo stesso una fetta di polenta, non dubitare, gliene darò anche due; non me la prendo io coi giovani quando l'ho coi vecchi, e men che meno me la prendo coi vecchi quando la maggior colpa è dei giovani. Altrimenti avrei già detto il fatto mio a tua madre, che morta come è, non si è vergognata di tener mano a rovinare una ragazza che non le ha mai fatto un male al mondo. Almeno che si confessi presto, se le preme l'anima sua.

O rustica virago, o muscolosa pulcella, prontissima, come la più parte dei contadini quando inveiscono, a tirare continuamente la morte in ballo, quasichè la vita fosse sempre sempre una assai bella cosa, tu avevi un bel dilatar le narici, un bel parlare a scatti con un accento rauco e sordo che faceva assai brutto sentire, ma altro ci voleva perchè tu ti sfogassi bene!

— È inutile, – sclamò Niccolino con la smorfia untuosa d'un uomo sempre più scandalizzato; – inutile, oggi con te non ci si può discorrere!

— No? E allora che stai a far qui?

— Nulla. Tant'è vero che me ne vado.

— Che ti venga la morte secca! – conclude al solito Giovannona, la quale non s'era punto figurata di poter essere presa così pulitamente in parola, mentre Niccolino, appena voltato, mandava fuori un bel pezzetto di lingua; come per dire che gli era andata anche troppo bene.

E acqua su acqua, la stalla omai non ne voleva più. Pompeo fu il primo a smettere, e preso Galeazzo pel braccio, se lo trascinò dietro fuor della porta.

— Intanto che torna Piero, andiamo a bagnarci la bocca. Stanotte s'è lavorato anche troppo.

— Aspettate un momento. Voglio avvisare i vostri genitori, – rispose Galeazzo, che, pur di mettersi a sedere un quarto d'ora, si sarebbe sorbito anche qualcuno peggio di Pompeo.

— Ci penso io. – Ehi, mamma, si va e si viene.

— Badate almeno di tornare sulle vostre gambe! – gridò la vecchia.

L'osteria era piena di gente, ciò che nella Italia rustica significa sempre piena di frastuono. Altrove, in giorno di lavoro, avrebbe anche significato piena di gente bastantemente sudicia, ma a Coronaverde no, perchè il vivere nelle abitazioni relativamente belle che si sogliono costruire per amore dei bachi in tutta la provincia, ha già avvezzato coll'andar del tempo gli abitatori ad un più accurato governo delle persone e delle vesti.

Le avventure della nottata avevano fatto passare la voglia di lavorare a tutti, e ognuno aveva sentito il bisogno di sminuzzare i più esigui particolari, coll'ajuto di quel sottile mastro d'analisi che è un bicchier di vino bevuto in compagnia. Le opinioni erano molto discordi, come accade quasi sempre nei ritrovi dei nostri agricoltori, dove, mercè degli ottimi polmoni, nessuno sente il bisogno di tacere perchè gli altri gridano, ma in una cosa sola s'accordavano tutti: ed era che Stentone aveva fatto male ad accogliere un disperato senza pagarlo; che un fatto simile in una regione troppo ricca di braccia valeva bene un esempio, e che però, se quello era stato il vero movente degli incendiarii, la lezioncina gli stava assai bene. S'intende che i più persuasi di tutti erano coloro appunto i quali, pochi giorni prima, avrebbero accolto il Milanese più volentieri, anche se avesse dichiarato di poter vivere a polenta ed acqua.

Il solenne ingresso di Pompeo con seguito, mise tosto fine alle umanissime e benigne glosse. Tutti tacquero per farsegli intorno e domandare che cosa ne pensasse lui.

— Penso che se mio padre non fosse quello stinco di santo che è per disgrazia nostra, e sua, nessuno al mondo avrebbe potuto farci più bel servizio di quel birbone che ci ha dato foco. Se fossi in lui, cioè a dire, in mio padre, vorrei andare subito a Milano, e ne darei ad intendere tante e poi tante all'Illustrissimo, che oltre ad un nuovo rustico più grosso il doppio del vecchio, ci caverei da stare bene un anno. Già tanto non c'è pericolo che venga a verificare. Sono cinquant'anni che lavoriamo per mantenere i vizi di suo padre e i suoi, e ancora non s'è visto.

— Perchè non vai tu? – gli domandarono tutti, meno Galeazzo che se la rideva sotto i baffi.

— Con mio padre a casa? Starei fresco. Appena potesse capire che io ne avessi sballata una che è una, vorrei morire qua subito se non sarebbe capace di andare apposta a Milano per dire che non è vero. Che volete? Sono teste fatte così, e poveri signori se non ne saltasse fuori ancora taluna qua e là. Ma, scusate, omai quel che è bruciato, è bruciato, e qui non c'è più posto. Vado a sedere in corte col mio bracciante.

Scelse il cantuccio più remoto del pergolato, dove la festa si soleva giocare alle bocce, e impancatosi, dirimpetto a Galeazzo, gli disse tosto col viso di un uomo che volesse fare lo spiritoso:

— Io non me ne ho mica a male.

— Non ve ne avete a male? Di che? – domandò Galeazzo, il quale ignorava che molti contadini sogliono principiare i loro discorsi a metà, pur di imbrogliare come meglio possono le persone con le quali stanno confabulando.

— Che Costantina vi piaccia.

Galeazzo aggrottò un momento le sopracciglia e poi, come se avesse preso tosto il suo partito, rispose secco secco in buon milanese:

— Mi piace sì.

— Lo so da me, vi dico, e me ne sono accorto fin dal secondo giorno della vostra dimora in mezzo a noi. Sarò stato lontano seicento passi a dir poco, eppure, con quel vento, ho udito benissimo che avete chiacchierato insieme continuamente. Che vento! Quello ci voleva questa notte!! E non basta. Dove vi siete seduto or ora a far colazione Lungo 'l fosso di casa, accanto a lei che lavava le lenzuola, libero come eravate di mangiare in pace dove più vi fosse piaciuto. Se questa non è simpatia, che cos'è?

— È simpatia, è, è! – ribattè Galeazzo per incitare l'altro a metter fuori tutto.

— E ci ho gusto, vi ripeto. Non le voglio già male io, a Costantina; le voglio bene ancora, anzi; ma come fare quando non s'è mai potuto combinarci nelle nostre massime? Dite la verità: che vi ha detto di me?

— Che avete fatto all'amore per degli anni, e che poi l'avete piantata.

— Ha detto così? Eppure non è mica vero. È stata lei piuttosto che ha piantato me. Se sapeste come mi ha trattato l'ultima volta che s'è discorso insieme. Un altro se ne sarebbe avuto a male, ma io che son bonaccio, non ho saputo far altro che tacere. Eppure, credetelo, me ne ha dette troppe.

— Troppe? Bisognerebbe sapere che cosa vi meritavate, prima di dire che sono state troppe.

Qui Pompeo posò l'indice sul pollice a becco d'oca, e scandendo uno per uno coi movimenti della mano tutti i membretti delle sue proposizioni, cominciò a dire:

— Via, capisco benissimo che voi ne sapete più assai di quello che dite, e però ho molto piacere di parlarvene a core aperto. Per qual ragione volete che pigli moglie subito, io così giovine? Per cominciar a tribolare più presto? No, eh? Io sto bene così: mangio col capo nel sacco, ho un padre che veglia la notte per trovar modo di lavorare un par d'orette più del bisogno di giorno, ho due donne in casa che vanno a gara per ravviarmi la biancheria e per assettarmi i panni; dunque, finchè la mi va così, io, fra i pari miei, cattiva figura non ce la posso fare. Voi però potreste dire: vostra sorella è matura, molto matura, e può ben prendere marito lei! È vero. Ma io, Pompeo, debbo essere tanto minchione da rischiare il certo per l'incerto, finchè non ho toccato con mano che mia madre, da sola, non mi basta più? Non c'è Peppina che la potrà ajutare tra breve? E quando Piero avrà messo famiglia, basterà la Casanova per tutti se la metto anch'io? Poniamo che non basti: a chi toccherà d'uscir fuori il primo? A me, al più giovine. E io che sto bene, devo andare incontro, così per ridere, a tutti questi guai? No, eh? Capisco benissimo che il mio giovedì grasso non potrà durare in eterno, capisco benissimo che la quaresima mi arriverà un giorno o l'altro, come arriva tutti, ma in nome di Dio, lasciate che aspetti le Ceneri! Allora, quando mio padre e mia madre avranno cinque o sei anni di più, allora, non dico, sarà un'altra cosa, avrò bisogno anch'io della mia servitù come ce l'hanno tutti, e farò come fanno gli altri: prenderò moglie. Ma ora!! Se Costantina, per disgrazia sua e mia, non fosse stata una creatura del tempo antico, di quelle, faccio per dire, che andavano a nozze coll'abito greggio filato e tessuto con le loro proprie mani, se fosse stata invece una ragazza disinvolta, sviluppata, liberale come usa ora, oh avreste veduto che bell'accordo sarebbe stato il nostro! Ma sì, più facile farmi intendere da questo tavolino!

E ci picchiò sopra col suo bicchiere, omai vuoto.

Galeazzo non aveva ancora toccato il proprio. Che un uomo fosse tratto come per istinto a condurre i suoi amori su per giù a quel modo, gli pareva che potesse ancora passare, ma che un ipocrita, nella breve semplicità della sua mente di contadino, fosse capace, così giovine, di arrivare a quel punto, cioè a metter insieme, anticipatamente, tutta quanta la sua brava teoria, oh per dinci santo che gli pareva troppo! Fece scorrere la mano sopra i baffi, tanto per isbuffare un po' senz'esser visto, e poi domandò sommessamente:

— E così?

— E così io mi ritrovo ora in una specie di gineprajo, e non so da che parte uscirne. Da un lato, fin che mi dura la testa sana, debbo pur dire che io, nel pozzo, non mi ci voglio gettar davvero, ma dall'altro!... Dall'altro lato c'è una povera figliuola, che non mi ha fatto mai niente di male, che anzi mi ha voluto bene a modo suo, e che, mentre si strugge e dimagra ogni giorno più, può credere benissimo che ce n'abbia colpa io. La colpa ce l'ha lei, questo si sa, ma mi dispiace egualmente, non lo posso negare. Per tutte queste ragioni...

Qui Pompeo s'interruppe da solo, un po' perchè era molto imbrogliato ad andare avanti, e un po' per votare nel proprio bicchiere i pochi sorsi avanzati in fondo ella mezzina.

— Per queste ragioni – ripetè Galeazzo, come per ajutarlo a non perdere il filo del discorso.

— Per queste ragioni, – tornò a dire Pompeo a voce più alta, come chi avesse trovato, in quell'attimo, il miglior modo di tirare innanzi, – voi potete ben immaginare che nessuno sarebbe più contento di me se la mia vecchia amorosa potesse imbattere bene come... via, siamo giusti, come effettivamente si merita, e poichè voi...

— Io? Come c'entro io? – domandò Galeazzo con un brusco movimento del capo.

— Lasciatemi finire. E poichè voi avete confessato che essa vi piace, e poichè essa, dal canto suo, ha già dimostrato che anche voi, alla vostra volta, non le siete affatto antipatico (prova ne sia che venerdì, per una parola sola che il vento mi portava detta da voi, ne avrò sentito rispondere cento almeno dette da lei), così mi pare che voi potreste... seguitare a confortarla nella sua attuale malinconia, e beati noi, tutti tre, se così seguitando, vi ritrovaste entrambi tanto d'accordo, da stare bene eternamente voi, e da lasciar fiatare una buona volta anche me. Sì, lo confesso, io non era nato per questo genere di innamoramenti che pajono malattie, e se lo avessi saputo prima, non mi ci sarei messo davvero; ma ormai, dopo tre anni, sento proprio il bisogno di mettermi in convalescenza da qualche altra parte. Se non che, intenderete bene, vorrei poter condurre le cose pulitamente, senza altre scene, e sopratutto senza lasciar dire a nessuno che mi ritrovo con una spugna in petto. Come va questa faccenda che non bevete mai? – concluse cambiando tono, ed offrendogli il bicchiere.

Galeazzo glielo tolse di mano nell'alzarsi in piedi, e riponendolo tal quale sopra la tavola:

— Io con voi non bevo, – rispose, avviandosi difilato verso la porta.

— Perchè? Che v'ho detto di male? Ancora che m'affanno io solo per contentarci in tre!

Galeazzo non rispose nulla e subito, appena fuori, pensò:

— Oh sia pur maledetto questo vestito da pover'uomo che m'ajuta a conoscere troppo e troppo presto il mio prossimo e che ogni giorno, per lo meno, m'invecchia d'un anno! Sì, se fossi stato qui cinque anni, in persona mia, ne avrei saputo assai meno intorno ai contadini di quel che non ne abbia saputo in cinque giorni, vestito così, ma ho fatto un bel guadagno a conoscere a fondo questo pezzo d'egoista! E non sarà il solo, e ce ne saran di peggio! Che gusto poi ci provi Domeneddio a metterli al mondo non si sa. Io vado via. Mi riposo qualche ora dormendo questa notte, e domattina con una scusa o coll'altra, vado via. Oh se vado! Non mi piacciono, della famiglia, che il militare e il vecchio, e quello sta per andarsene, e questo è un personaggio che quasi non parla. Ci rimetto poco. Quello che ho guadagnato lo sento ora, nei gomiti, con le botte che ho buscato in grazia dell'incendio. Domani alla più lunga son sicuro di averci i lividi, e li farò vedere a Maria. Se non le basteranno, se ne cercherà un altro, ed io metterò Costantina a Lodi dalle Dame Inglesi. Un pajo d'anni che me la possano manipolare bene, e son sicuro che ci caveranno fuori una gentildonna quanto un'altra, e meglio. La pasta c'è.

Ma qui la imagine di Pompeo tornò ad intrùdere per forza nelle sue meditazioni, ed egli, pur di levarla di mezzo, dovette dire ad uso di Bernardo Davanzati:

— No no, moglie pari, e una giovane che abbia avuto quello sguajato in core, non potrà mai diventare una pari mia, per fare che facciano le Dame Inglesi. Maria mi conviene assai più. Ha voluto servirsi di me per pigliar di fronte l'assenteismo nostrale, è vero, ma l'ha fatto con buona

intenzione, e non è sua colpa se io, in cinque giorni, non ho imparato che ad empire fossi ed a scorciare il grano. Tutte cose troppo facili ed io ne son satollo. Andrà a fare la contadina lei, se ne avrà voglia.

Intanto la cucina della Casanova si era quasi trasformata in una gabbia di matti, e le sue pareti, appunto perchè vuote, rimandavano altrettanto maggiormente l'eco d'un grottesco litigio dibattuto dentro di essa. La poca gente rimasta in corte, omai sazia di guardare a bocca aperta le ruine dell'incendio, tendeva ora avidamente le orecchie verso le finestre, e chi dava fuori, da un momento all'altro, in una gran risata, e chi batteva dei gomiti nei fianchi dei vicini, col proposito di farli tacere, e di udire possibilmente ogni cosa.

Finalmente Stentone si affacciò alla porta dell'andito, come uno che volesse andar via per non poterne più, e subito Piangi (il quale piangeva forte da un quarto d'ora, benchè fosse vestito dei migliori suoi abiti) lo rincorse sul limitare, e fece di tutto per attaccarsegli ai panni.

L'altro, già fuor de' gangheri da un pezzo, gli diede una tale spinta che per poco non lo distese a terra, e poi trattando su per giù allo stesso modo i tavolini, le sedie, i ragazzi, e gli altri utensili immobili e semoventi che ingombravano l'aja, s'aperse il varco alla volta dell'argine maestro, e via a gambe levate verso il capoluogo del distretto, ruminando in capo la sua beata denunzia. Chi gli avesse detto mezz'ora prima che, pur di andarsene, avrebbe lasciato volentieri il suo povero grano in corte, e sarebbe corso in pretura collo stesso animo col quale i malfattori correvano anticamente a salvarsi in chiesa!

Piangi, sbigottito dall'urtone, s'abbrancò per di fuori alla ferriata della finestra, e con quella voce volubilissima che gli era propria: una vocina fessa e chioccia nelle note di petto, quanto stridula e canina in quelle di gola, domandò ululando verso il di dentro:

— Ma che devo fare di più, Gesù mio, che devo dire?

— Prova a fargli parlare dal signor Concomodo, gli rispose Giovannona che, per non essere veduta dagli astanti, s'era tutta rannicchiata dietro l'intelajatura della finestra.

— Conterà assai! – rispose Piangi nell'andarsene, e levando le braccia verso Domeneddio in atto di disperazione.

Se non che gli astanti, un po' per ridere, un po' sul serio, gli furono tutti dietro, e chi lo consigliava di far intromettere addirittura il signor sindaco, chi di ricorrere cristianamente al signor curato, al punto che Piangi, invelenito da tutti i calci che gli piovevano sulle calcagna, provò prima a dire, gridando: «Sì, hanno proprio tempo e voglia di voltare il capo ad un uomo in ventiquattr'ore» e poi, come disperato, non seppe schermirsi meglio che infilando, a scappa e fuggi, la strada che menava in paese.

All'ultima svolta (era Dio che glielo mandava) vide sbucare da lungi la bella figura di Galeazzo che, tutto assorto nel suo monologo, ritornava giusto allora dall'osteria, e gettandosegli incontro a braccia aperte, gli disse con quell'accento sussultorio che è particolare ai piagnucoloni, subito dopo che han finito di piangere:

— Se sapeste... oh se sapeste! Voi che jer l'altro mi levaste ogni speranza, non avreste mai creduto nè che Giovannona aderisse oggi a pigliarmi subito, nè che la sua adesione mi costasse quasi più pianti dei suoi rifiuti. Eppure è così.

— Parlate sul serio? – domandò Galeazzo sorridendo bonariamente, come quello che ormai, dopo di avere succiato Pompeo, si contentava ben volentieri di Piangi.

— Volesse Dio che parlassi da burla! M'era appena gettato sul letto per rifarmi un pochino della nottataccia che s'è fatto tutti, quando Giovannona mi capita in camera come il subisso, e mi dice ansando: «Senti, Piangi. Domenica è Pasqua. Di tre pubblicazioni che ci vogliono in chiesa, se ne guadagna una, perchè la festa è doppia. Se tu sei capace di condurre domani al più tardi mio padre in comunità, e di avere il suo consenso perchè si faccia la richiesta subito, io, appena spirati i quindici giorni dell'affissione, ti sposo». Ho creduto, così nell'estasi del primo momento, che il foco di questa notte le fosse arrivato al core, e son saltato giù del letto come un capriolo innamorato, già omai sicuro della sua vittoria. Bel capriolo! Giovannona mi ha tolto d'illusione subito, raccontandomi di avere appena saputo dal messo di Dolo che jeri Don Angelo andò a gettarsi quasi fuori di sè nelle braccia di quella Giunta municipale, pregandola e supplicandola di mettere presto in regola le carte di sua nipote; perchè... il perchè probabilmente non lo avrà neanche detto, ma s'è capito... perchè bisogna far presto.

— Davvero! – domandò Galeazzo maravigliatissimo.

— Già. Un matrimonio alla moda.

— Pover'uomo, mi dispiace in verità. M'è sembrato una così buona persona!

— Vi è sembrato quel che è. Non ne ha colpa già lui se sua nipote ha dato retta a Niccolino. È Giovannona piuttosto che se lo merita, Giovannona che ha avuto cuore di dirmi queste precise parole: «Ora sta in te. Voglio sposarmi prima e non dopo di quei due furfanti, bene o male non importa, Piangi o Ridi non importa, ma o prima o non più tardi di loro. È per questo ti piglio. Ma se tu sgarri d'un giorno solo, ti puoi pulire la bocca, perchè Giovannona dentro di questa camera non ci dorme più. Vado. E tu vestiti bene e vieni a domandarmi senza perder tempo».

— Col foco in casa?

— Col foco in casa. Voi siete quasi un cittadino, mi diceste jer l'altro, voi non potete sapere per prova cosa diventi la testa d'una villana quando s'impuntiglia, e beato voi che non lo abbiate da sapere mai. Che volete! L'ho tanto desiderata io, quella ragazza, che dieci minuti dopo stavo già correndo vestito in gala nella corte e nei dintorni della Casanova, per raccattare il vecchio e la vecchia che non si trovavano. L'una stava chiamando a raccolta i polli nel prato, e l'altro s'era già avviato verso la Pretura lungo l'argine maestro. Li ho dovuti tirare a casa colle belle e colle buone, e lì... Gesù mio, che scena! Stentone non mi ha lasciato nemmeno finire il discorso, che mi ha detto subito, alla sua maniera: «Come! come! Mi domandi la figliuola in primavera, e vuoi che io venga domani, a far la richiesta in comunità, colla casa in questo stato? Va' a domandare un posto all'ospedale che è meglio! Io me l'aspettava, per dir la verità, e però non mi son perso d'animo, lì sulle prime, ed anzi ho seguitato a ragionare, a predicare, a battere il chiodo finchè era caldo, e subito la gente di fuori a guardar dentro e a ridere. Stentone parla poco, ve ne sarete accorto anche voi, e dopo quella prima sfuriata, non gli potei cavar altro che un no continuo, un no che non finiva mai, espresso colla testa, da stare in piedi, ma giù, fin quasi a mezza vita; come se egli si fosse mutato nel batacchio d'una campana quando la suonano. Me la son vista brutta, e ho incominciato subito a giungere le mani, ad invocare i santi, ed a piangere, a piangere come un vitello. Poi ho detto: se non lo smuovo un pochino ora, io dentro quest'oggi non lo smuovo più; e mi son buttato in ginocchio sull'uscio, e ho incominciato a dondolarmi anch'io di qua e di là per la disperazione, e Giovannona, con quel po' di fiato che ha in corpo, s'è messa a strepitare anche più forte di me, e...

— E non ci avete cavato nulla?

— No. Il batacchio seguitava sempre a dir di no. Mi ha dato prima una spinta in casa contro l'uscio, poi un'altra dalla porta contro il muro, e poi è corso via che nemmeno il terremoto ha mai corso tanto.

— Ma che diceva la vecchia?

— La vecchia? Quando uno è pronto a sposare, le vecchie son fatte apposta per non dir mai nè sì nè no. Da una parte sperano di trovar di meglio, dall'altra hanno paura che scappi anche quello... e poi cosa volevate che dicesse con un testone così inferocito? Un uomo che non la può patire fin da quando l'ha annusata bene, e che se le allunga un pugno, l'ammazza tutta! Taceva, credo, posto pure che non avesse voglia di ridere anche lei, come quei buffoni lì fuori in corte, che si tenevano i fianchi. Ridete pure anche voi; omai ci sono avvezzo e non me ne ho più a male.

Galeazzo, che aveva già sorriso più volte anche prima di ottenerne il permesso, ne profittò ancora un pochino per compiacenza e poi, colla frase consacrata da millanta opere buffe, domandò quasi cantarellando:

— Ed ora, che si fa?

Qui Piangi posò il pugno sulla bocca socchiusa e, guardando a terra con una occhiata lunga e torta dalla quale traspariva tutta la rusticissima indole sua, un po' più maliziosa che scioccherella, rispose assai cogitabondo:

— Ma! Giovannona mi ha detto di mettere in moto il signor Concomodo, una comare il signor Curato, ed un compare il Sindaco, ma io la so più lunga di tutti, e, ho già capito che se la voglio aver vinta, non mi rimane più che un partito solo, l'ultimo e il più disperato di tutti.

— Quale?

— Far dire a Stentone che io m'impegno di lasciare che la sua figliuola seguiti come ha sempre fatto a lavorare da lui fino a tutti gli Ognissanti di quest'anno, e confermarglielo io stesso e a voce, e in iscritto, e se vuole anche davanti a due testimoni. Altrimenti non ci cavo nulla. Ma sarà qualche cosa di orrendo, sapete! Avere una moglie valida come quella, e dover seguitare ogni giorno, e per ben sei mesi, a farmi il letto da me, la polenta da me, tutto da me come faccio ora! Una donna che mangia bene sì, ma che egualmente mi guadagnerebbe in un anno più assai di quello che non mangi in due.

— Eppure, volendo, ci sarebbe un rimedio! – sclamò Galeazzo tra il buffo e il serio.

— Un rimedio!?

— Sì, ed onesto, ma buono soltanto fra due mesi o tre. E sarebbe quello di poter invocare l'annullamento della vostra obbligazione per amore della moglie.., e del suo stato.

— Qui, Piangi, non ostante la faccia scialba, e il lungo e lanternuto corpicciuolo, divenne qualche cosa d'impagabile. Picchiò modestamente sulla spalla di Galeazzo, e poi, da uomo cauto che avesse già pensato al suo piano di difesa, rispose sorridendo:

— Ci penserò. Ma è un gran pezzo di donna, sapete, e sono quelle appunto le donne che meno contentano il Re!

III.

La contessa, due giorni prima, non era ancora ben discesa a terra davanti alla Brena, che già Nunziata aveva messo fuori la voce di avere tosto bisogno di una balia da spedire a Milano in una casa piena zeppa di grazia di Dio, e questa voce girando, era arrivata assai presto all'orecchio di una bella sposa, in tenère di Dolo, che si era proposta fin dal primó momento di andare a Coronaverde ad offerirsi. Quando poi seppe dell'incendio fu presa anche lei come tant'altre dalla curiosità di correre a vederlo, e senza mettere maggior tempo in mezzo, capitò alla Casanova quando appunto il povero Piangi stava versando la piena dei suoi affetti nel core di Galeazzo.

Nunziata, assai contenta dell'aspetto e delle forme di quella giovane e vigorosa volontaria d'un anno, le fece un mondo di amorevolezze, e poi, con tutta la giocondità di cui era capace pensando alla mancia, chiamò forte Costantina e disse:

— Da brava. Il Milanese scriverebbe certo meglio di te, ma poichè non gli si è mai detto nulla, conviene di tacere ancora. Procurati, guardando un po' nei tuoi cassetti, un po' nei miei, l'occorrente da scrivere, siediti là al mio tavolone che è giusto all'ombra, e avvisa subito la contessa che s'è trovata la balia.

— Io? Qua in corte? – domandò Costantina sbigottita.

— Tu stessa, – rispose perentoriamente la vecchia. – La mia casa è troppo vuota, la tua è troppo piena, e Giovannona e Pompeo scriverebbero certo peggio di te.

— Non c'è Piero? Non c'è Peppina?

— Sì, valli a cercare ora quegli indiscreti che non tornan mai. Non fare smorfie. Guarda bene questa bella donna, e scrivi che è proprio come la vuole la contessa: latte fresco, gioventù, bel sangue, bei capelli...

— Oimè! Da che gente mi mandate? Mi apriranno la bocca e mi guarderanno i denti, come alle puledre! – esclamò ridendo la balia.

— Brava! – proruppe Nunziata. – Ha nominato anche i denti, che non potrebbero essere belli, e tu diglielo, Costantina. Aggiungi che è moglie legittima del suo legittimo marito, che la creatura è viva e forte, e che l'ha comperata sono appena due settimane...

— Più, più.

— Diciamo due. Prima che andiate, ne passeranno, se occorre, altre quattro, e chi ci bada allora che sien sei o sette? Metti pure che la mandino a vedere quando vogliono, e ch'essa è pronta a partire quando piacerà alle Celenze che l'hanno cercata.

— Ma mi ci vuole due ore a dire tutta questa roba! – sclamò Costantina quasi disperata. – Non sapete che io quando scrivo è come se pitturassi?

— Poco male. Oggi non si lavora, e per lo sgombero della corte faremo senza te. Devi dirle anzi ogni cosa anche dell'incendio, pregandola, come si prega la Madonna, di stare dietro al Padrone, perchè si metta una mano al petto e ci venga in ajuto. Di' che abbiamo perduto quasi tutto noi per salvare la casa sua; che il nostro grano s'è sciupato più di mezzo, che mio marito, io e tutti i miei figliuoli abbiamo rischiato più volte di romperci l'osso del collo, e che anzi la mia unica figlia è quasi ammattita per lo spavento e la disperazione.

— Ammattita sarete voi! – sclamò Giovannona che aveva udito le ultime parole nel passare accanto.

— Non ha mica torto! Che bisogno c'è di dir bugie? – osservò Costantina.

— Tacete, sciocche tutte due! Non capite che tutto fa, tutto giova? I signori non hanno il pelo sul cuore per nulla. Fanno sempre la tara alle nostre parole, e se si dice un braccio, è già molto se credono un dito. Se s'avesse poi da dir la verità! Andiamo, balia. Intanto che questa scrive, e che mia figlia stende i lenzuoli lavati or ora, voi verrete con me qui nella casetta del mio bifolco, e mi ajuterete a mettere un po' d'ordine a tutta la roba che ha volato questa notte. Poi farete penitenza con noi, ma alla bell'e meglio, qui nella corte, e dopo, a lettera finita, la farò leggere tutta davanti a voi. Andiamo!

Quando Galeazzo ritornò a casa, e vide Costantina tutta assorta nello scrivere adagio adagio, e col capo reclinato a sinistra, la sua lunghissima tiritera, non potè a meno di pensare a Castel Capuano di Napoli, dove, pochi anni prima, gli era accaduto di vedere, nell'identico atteggiamento, una pubblica scrivana all'aria aperta. Le andò dietro in punta di piedi e le disse:

— Brava! Son lieto che profittiate dei miei consigli. Non scriverete già a Pompeo, voglio sperare!

— Lasciatemi in pace, – rispose Costantina senza scostarsi menomamente. – M'ingegno di avvisare la Contessa che la balia è già saltata fuori, e poi mi toccherà di gonfiare la storia dell'incendio, per impietosire il padrone. Andate via, fatemi questo gran piacere.

— Dov'è la balia?

— Là, in casa mia.

Galeazzo fece capolino all'uscio additatogli da Costantina, e avvisò del suo ritorno la vecchia, guardando la giovane.

— Aspettate un pochino, – disse Nunziata, – e se intanto Piero non si sarà fatto vivo da sè, andategli a dire che il foco è spento da più di un'ora, e che si spicci se vuole mangiare un boccone prima di portar dentro ogni cosa. Sapete dov'è?

— Io no.

— Accanto alla chiesa, e sta scaricando la roba di Peppina. Sono quasi tre ore che se n'è andato ed io intanto sono qua che aspetto, io, la madre, per fare i comodi dell'amorosa. Gran brutto mondo è diventato questo! Eppure il mio Piero è stato sempre un buon figliuolo!...

Basta, per carità. Sappiamo che accade quando una ciarliera e finta abbia accanto una donna del suo medesimo ceto ch'ella conosca poco o, peggio ancora, che non abbia mai visto. Non si cheta più. Ora la fortuna è capitata alla balia, e se la digerisca lei.

Così, o presso a poco, dovette pensare Galeazzo quando si tolse dall'uscio per andare a verificare, di veduta, se il foco fosse veramente spento, come diceva la vecchia. Se non che gli occhi, a mezza strada, gli caddero involontariamente sopra Giovannona che seguitava a stendere la biancheria, e quella subita vista lo fece mutar di proposito, e lo condusse a lei. Un capretto che vada al macello non è meno consapevole della misera sorte che lo attende di quello che non fosse lui, il buono e garbato giovinotto.

IV.

— Oh, giusto voi, Giovannona! Che puntiglio senza costrutto vi è mai venuto in mente? Io sono nato in città, è vero, ma non è una buona ragione per darmi ad intendere che i contadini sieno tutto l'opposto degli altri uomini! E voi credete sul serio di fare un gran dispetto a Niccolino, provandogli subito che non avete bisogno di lui, e sposandovi forse un giorno prima? Io, se fossi nei suoi piedi, ne riderei. Sarebbe un rimorso di meno, per me tanto, e peggio per voi se vi contentaste di Piangi!

Giovannona, che non ostante la recente baruffa in casa, era ancora assai lunge dall'aver messo fuori tutta quanta la stizza che le era rimasta dentro, si piantò di faccia al mal capitato, che s'offeriva spontaneamente a fargliela sgorgare del tutto, e gli disse provocandolo:

— Oh sfacciatone senza creanza! La pigliate con tanta aria?. Voi! Con me!

— Badate a quello che dite! – rispose Galeazzo ritirandosi d'un passo o due.

— Che badi a quel che dico? A uno straccione mezzo affamato che ho fatto prender io per carità? Credete forse di darmi soggezione perché vi ritrovate con una casa da otto lire il mese? Neanche se fosse da trenta e che ci cavaste da vivere non me ne dareste!

— Soggezione, o non soggezione, esigo che mi parliate in un altro modo! – sclamò l'altro con voce ferma.

— E voi non dovevate farmi fare la figura della matta, che si fa ridere dietro da tutto il paese e che porta lo scompiglio in casa in questi bei momenti!

— La imputazione era troppo assurda per non inspirare nell'accusato una certa pazienza relativa. Cambiò di tono e disse:

— Via, Giovannona, capisco benissimo che vi volete sfogare, ed anzi mi metto nei vostri panni, e vi compatisco, soprattutto perchè siete una donna; ma anche voi dovete considerare che io non sono già la vostra valvola di sicurezza, e che però avete l'obbligo di parlarmi come si parla colle persone. Vediamo. Ragioniamo. Io ho fatto far la figura della matta? Io vi ho fatto ridere dietro da tutto il paese?

Giovannona lo guardò quant'era lungo dalla testa ai piedi, e poi, con subitaneo prorompimento:

— Guarda che sfrontataggine! M'empie lui la testa di belle speranze domenica sera, e poi fa finta di non capire che piccola differenza ci sarebbe stata se io avessi potuto fare jeri, colle buone, ciò che scandalosamente ho dovuto far oggi, col foco in casa! Chi mi ha quietato del tutto jermattina, riferendomi parola per parola quello che disse il signor Preposto? Chi, per darmi l'ultima spinta, s'è fin messo a rifarmi la voce e gli atti della sin–cera nipotina quando negava ogni cosa? Chi è stato? Voi, o il diavolo che vi porti?

Galeazzo non poteva sapere che Giovannona aveva spasimato di curiosità tutta la prima notte, nella speranza che la fuga in caserma del proprio ambasciatore significasse, occorrendo, la entrata in scena di un secondo riempitivo, preferibile a Piangi. Dovette però contentarsi di rispondere, con un nuovo e giustissimo filo di umore, che gli era tornato a galla per forza:

— Ah, dunque, perchè non ho capito, volete venirmi a dire che l'ho fatto appositamente? E appositamente per nuocervi? Ma vi avviso che ci voleva una persona molto maligna, per capire; ci volevate voi, a dir poco, benchè, in fatto di malignità contadinesca, ve ne ritrovate quanta ne occorre per dar dei punti a chi vi pare e piace. Oh, voi sì! Voi, in mezz'oretta di conversazione, con gente affatto nuova, voi avreste fiutato ogni cosa più presto e meglio di chiunque altro. Ma io no, prova ne sia che ho fino consigliato Piangi di darsi pace rinunziando a voi. Perchè dunque non siete andata in persona? E perchè soprattutto avete mandato me?

— Perchè v'ho mandato? – domandò Giovannona rossa fino alle orecchie per quell'epiteto di contadinesca apertamente riferito alla sua particolare malignità. – Vi ho mandato perchè voi non siete punto quel gabbiano degnissimo di fare l'ambo con Piangi che volete parere, e perchè non avrei mai creduto che voi vi rivelaste invece per un imbroglione di cittadino, capace di vendervi anima e corpo a quella trista che dovevate spiare per me. Non negate, che tanto non vi credo, ed anzi tornateci, tornateci pure domenica prossima. Ditele che senza di voi il suo tradimento non sarebbe andato così liscio, e che io le avrei potuto fare una bella scenetta a casa sua, senza lasciare il tempo nè a lei nè a quell'altro cane di confessarsi colle belle e colle buone al signor zio. Oh sì, la giornata è lunga, ora, e ne avrei fatto di belle io jeri, se oggi non usassero gli arlecchini servitori di due padroni! Diteglielo pure, e fatevene dare degli altri. L'avete servita così bene, lei!

Qui Galeazzo avrebbe pagato qualche cosa di bello per essere altrettanto contadino di Giovannona, e per poterla sonare a sazietà, col rischio e il pericolo di buscarne lui di più salate assai. Fu un momento solo, ma bastò perchè egli assolvesse poi sempre tutti quei poveri operai e quei poverissimi contadini, i quali, condannati ad avere intorno delle donne maleducate che abusano della loro lingua per cavarsi la voglia di metterli a cimento, non istanno tanto a ragionare, e picchiano.

— Non hai da leticare con altri, Giovannona, che te la pigli anche col Milanese? – prese qui a dire Nunziata, che aveva adocchiato dal finestrino il nuovo litigio ed era venuta fuori espressamente per interporsi. – Pensa alle lenzuola, che è meglio, e voi andate da Piero, che è ora. Ditegli che l'acqua della polenta è già su che bolle.

Galeazzo tentennò un pochino, come combattuto dalla smania di rispondere pur qualche cosa, e dalla paura, rispondendo, di trasmodare troppo, finchè, a battaglia vinta, si volse verso la porta canticchiando a denti stretti, mentre Giovannona alzava la cresta anche contro la madre, e le diceva sgarbatamente:

— Cosa c'entrate voi nei miei interessi? Guardatevene bene un'altra volta! Oramai mi marito, bene o male, e non ho più bisogno che la gente mi veda rispettarvi tanto, coi vostri bei meriti!

Nunziata la lasciò dire, e volgendosi a Galeazzo:

— Date una voce anche a Pompeo! gli disse.

Quegli rispose macchinalmente di sì. Poi seguitò, altrettanto macchinalmente, a camminare verso il paese, guardando a terra e facendo scoppiettare le dita ogni qual tratto, finchè da un momento all'altro, tirò su una gran spallata, e disse volgendosi da tutt'altra parte:

— Oh sì ch'io voglio stare fino a domattina con questa gente!

Infatti al tocco preciso era già tra le mura quasi urbane del capoluogo, e batteva forte sulla spalla di Stentone, il quale, appena escito di Pretura, era stato preso in mezzo da un gran crocchio di seccatori, che lo tempestavano di consigli e di apprezzamenti. Il buon uomo si volse tutto d'un pezzo, e chiese a voce alta come in mezzo ai campi:

— Voi qui? voi qui?

— Sì, – rispose Galeazzo conducendolo un po' fuori della gente, – e vi ho chiamato appunto per avvisarvene. Ho leticato coi vostri figliuoli, e son venuto via senza dir niente a nessuno, lasciandovi in pegno il mio fagottino, e senza mettermi in tasca nessun vitello. Ora mangio un boccone e vo difilato a casa.

— Fate bene, fate bene. Altrimenti vi dovevo mandar io.

— Perchè? – domandò Galeazzo con un tono dal quale emergeva, oltre allo stupore, anche un po' della rabbia ingojata prima, e non per anco smaltita affatto.

— Perché tutti, ma tutti sono d'avviso che la disgrazia mi sia capitata per cagion vostra.

Qui Galeazzo mandò in cor suo qualche cosa di poco garbato dietro a Giovannona, pensando che se non era il contrasto di poco prima avrebbe anche potuto dire a Maria di essere stato regolarmente licenziato senza propria colpa. Ma perchè tra l'intenzione e il fatto non ci poteva correre di molto, si rasserenò immediatamente e chiese a Stentone, tendendogli la mano:

— Piuttosto che pigliarvela meco, non valeva meglio quietare i vostri nemici, pagandomi? Me ne vado egualmente, state pur certo, anche se mi offriste cinque lire il giorno, ma faccio per dire!

— No no! Il uomo è sospettoso, e nessuno avrebbe creduto. Addio. E scrivete che dobbiamo fare del vostro fagottino.

Il uomo?

Già. Ogni volta che il re del creato si elevi, nelle bocche rustiche della Bassa Lombardia, a dignità di specie, ovvero a soggetto d'una proposizione universale, cessa tosto di essere l'om, e diventa il uomo. I latini ed i tedeschi informino.

*

*   *

Quando Galeazzo, dopo essere stato trascinato per due buone miglia dal medesimo Ronzinante di pochi giorni prima, dovette fermarsi, per cagione della corrispondenza postale, in un'altra metropoli sul fare di Coronaverde, gli accadde di vedere un vecchierello, il quale aveva a mano una grossa vacca, avvicinarsi al predellino e chiedergli la carità.

— Avete una così bella bestia e limosinate? – osservò Galeazzo.

— Non è già mia, e la conduco a pascolare per due palanche il giorno. Se non credete, chiedetelo qui a Gigino che ci conosce tutti due da tanto tempo, – rispose l'altro con voce tremula additando il cocchiere.

È verissimo, – rispose costui, avviandosi verso l'ufficio colla corrispondenza in mano: leggi con un gran sacco, molto diligentemente suggellato, e pieno d'ossigeno perchè faceva bel tempo.

Mentre il nostro viaggiatore, scontorcendosi tutto nella sua comoda baracca, durava un po' di fatica a mettere alla luce qualche moneta spicciola da dare al vecchio, costui, all'usanza de' suoi coetanei, seguitava a battere il chiodo inutilmente, e a dire:

— Magari fosse mia! È figlia dell'ultima vitella che ho visto nascere quando stavo ancora a padrone. Oh allora non la chiedevo la elemosina, no in fe' di Dio, ma ora! Ora non mi rimangono che settantanove anni, perchè Nostro Signore non me li ha ancora tolti!

— Ah sì! – gridò Galeazzo, saltando a terra per andargli sotto e per guardarlo meglio. – Proprio settantanove?

— Compiuti per la Madonna delle Grazie. Li metto male?

— No davvero. Prova ne sia che voglio fare i miei conti. Vediamo. Il biglietto, nel venire, mi è costato appena sei lire; qui nel portamonete ce n'ho tre, e tre sei, e tre nove; qua in rame più di mezza; alla mia cena, occorrendo, ci penserà il signor Sindaco di Abbiategrasso mentre muto i panni; dunque a voi, pigliate, pigliate pure, a onore e gloria della mia Maria. Sono per il bel servizio che mi avete fatto.

Io? Quando? – chiese il vecchio più morto che vivo dalla consolazione, vedendosi porgere tre belle lire, nuove di stamperia se non di zecca.

Tre anni fa. Quando Nostro Signore non vi aveva ancor tolto i settantasei.

Un mese dopo, Giovannona, Nunziata, Peppina e Costantina, che erano state invitate da Maria a scortare la balia, scesero a terra insieme con costei nella stazione centrale di Milano, e furono subito affrontate da un pulito servitore in tuba e palandrana, il quale chiese loro se venivano da Coronaverde.

— Sì.

— Senza uomo?

— Già. Ho un genero io che non ha voluto lasciare le sue bestie nemmeno per venir a fare un po' di corte al signor Padrone, – osservò Nunziata, la quale avrebbe potuto affacciarsi anche a Londra senza aver nulla che fare

col villan che timido s'innurba

di Dante Allighieri.

— Ebbene, tenete in mano i biglietti e venite con me. Son venuto a prendervi colla carrozza.

— Un momento! – gridarono in coro le cinque donne che avevano già principiato a scuotere le gonnelle, e a depositare a Milano la polvere di mezza Lombardia raccolta in viaggio. – Un momento! L'altro che s'era già avviato si fermò su due piedi a rispettosa distanza. Le cautissime viaggiatrici si voltarono pudicamente dalla parte di Lodi per affondare le mani in seno e raccattarvi i biglietti, e poi via tutte accanto al servitore.

— Che stazione! Quasi quasi vien voglia di segnarsi! – diceva Costantina ammirativamente.

— Guarda quante carrozze! Dov'è la nostra? – chiese la vecchia al servitore, quando apparirono tutti nel porticato verso la città.

— Là a sinistra, quella grande a due cavalli – rispose l'altro, additando a cinquanta passi di distanza il più bel legno che fosse intorno.

Questo legno aveva a cassetta un altro uomo in tuba, e questo uomo in tuba stava guardando di traverso le cinque villane, come uno che volesse vedere quanto tempo mettevano a riconoscerlo.

Segno che non aveva ancora fatto bastante sperienza degli occhi dei contadini, prova ne sia che Peppina e Costantina, come le più contente di rivederlo, si misero subito a gridare verso le altre:

— Non vedete che è il Milanese? Non vedete che è il Milanese in cappellone?

Ed entrambe si misero a correre, come se ognuna facesse a gara coll'altra per essere la prima a dargli la mano.

Nunziata che arrivò l'ultima, non già perchè ci andasse di male gambe come Giovannona, ma perchè era la più vecchia di tutte, si piantò colle pugna sui fianchi a lato dei cavalli, e squadrando Galeazzo da capo a piedi, gli disse:

— Ah buona lana che siete! Ora capisco perchè ci avete piantati sul più bello! Avete saputo che la contessa vi avrebbe preso volentieri, e siete corso ad offrirvele a Milano. O che ci fate? Il cocchiere? Ma siete poi veramente pratico?

Galeazzo aveva bensì voluto godere della sorpresa di quelle donne, facendosi trovare lì fuori all'improvviso, ma non s'era mai imaginato che esse, vedendolo vestito dei suoi panni, non principiassero subito a mangiar la foglia. Nullameno, per non avviare discorsi troppo lunghi colle redini in mano, rispose:

— Vorreste che la contessa mi affidasse un tiro a due come questo se non fossi pratico? Sono stato in cavalleria, fidatevi. Ma dov'è Piangi?

— Non è voluto venire. Sapete bene che originale è.

— Mi dispiace. L'avrei rivisto volentieri. Su, da brave!

— Dove si va?

— Dalla contessa che v'aspetta, per dinci Bacco! Dove volete andare?

Qui Nunziata fece la prova generale della sua funzione di vassalla pronta a recitare fra poco la parte sua, e disse:

— Ma io preferirei di scendere prima dal mio Illustrissimo, che non mi ha ancora mandato nessun compenso per l'incendio. Forse che a vedermi correre in fretta a baciargli la mano...

— No, per carità. I milanesi hanno la lingua lunga, e non conviene che vi presentiate in casa d'un uomo solo, in cinque donne che siete. Verrà lui da voi, non dubitate.

Intanto le contadine erano salite in carrozza, e non sapevano come distribuirsi per sedere bene.

— Le tre maritate nel posto bono, e le due ragazze dirimpetto, – consigliò Galeazzo. – A proposito di donne maritate, perchè mi fate il muso, Giovannona? Io non vi serbo nessun rancore. E voi, ce l'avete ancora con me?

— Altro! Nè mi fiderei davvero a mettermi in mano vostra, se non ci fosse qui la balia che vi deve premere più di noi tutte.

— Ho capito. Anche il matrimonio non cambia più la testa alle persone. Andiamo!

Il servitore saltò a cassetta vicino al conte, ed i cavalli partirono immediatamente.

— Che abbia già partorito la signora che vuol la balia? – domandò subito costei alzando molto la voce.

— Non credo, – rispose Galeazzo.

— E allora come faccio io! Se non trovavo un lattante allo spedale di Cremona, starei male da ora.

— Mancano bimbi! La contessa ve ne ha già fermato uno per oggi alle cinque, avanti che pranziate.

— Brava!

Ben lunge dall'avviarsi tosto verso la casa di Maria, Galeazzo prese dentro un gran giro tutti i giardini pubblici e più di mezzo il corso, e mercè delle ottime bestie, arrivò sul Naviglio in un momento. E intanto Nunziata:

— Ma guarda queste birbe di cittadini come ci ridono in viso!

— Perchè? – domandò Peppina.

— Mah! Forse perchè siamo cinque scarpe grosse dentro ad un legno come questo! Brutte canaglie! Tutti signori, tutti ben vestiti! E senza di noi, poveri contadini, morrebbero di fame quanti sono. Facciamo una bella cosa: ridiamo anche noi!

E risero. Intanto Galeazzo voltò pel Durino, e si spinse al trotto serrato verso il sacro suolo delle cinque giornate. Giovannona si chinò verso la madre, e le disse all'orecchio:

— Avete visto quei due che hanno fatto di cappello al Milanese?

— Sì. Rispetteranno il cane per la padrona. Un tiro a due così bello come il nostro non s'è ancora incontrato. Vuoi che non lo conoscano?

— Ma la sua tuba che è tanto più bella e più lucida di quella dell'altro servitore!

— È nuova, caspita! Non sai che è entrato in servizio da poco tempo?

— Sarà! Io ho paura invece che egli non fosse punto quel tal uomo che disse!

— No? E cos'era dunque?

Chi lo sa! Una spia, probabilmente, mandata da noi se occorre dal padrone stesso. Fosse stato davvero un disperato, ci avrebbe fatto scrivere di portargli il fagottino?

— E che se n'ha a fare ora di quei quattro stracci, così ben vestito come è? Guarda che roba! Vai a strologare malignamente sulle tube e sui fagottini, ora che siamo venute a Milano per darci bel tempo! Guarda guarda piuttosto quante belle verze!

Peppina, che non poteva veder bene perchè era seduta dietro, saltò subito in piedi, ed aggrappandosi per non cadere alla vita di Galeazzo, sclamò:

— Altro che verze! Qui c'è tutto, e di tutte le stagioni! Spinacci, cavoli, finocchi, cipolle, radicchio, insalatina... oh sia pure benedetta la Madonna che mette al mondo tanta grazia di Dio!

— Te ne toccherà di molto, se non avrai come pagarla bene! – proruppe la vecchia.

— Intanto la roba c'è. Se non ci fosse, sarebbe peggio.

Galeazzo, che aveva udito, pensò di chiedere a Pavia se avessero bisogno di una insegnante di economia politica. Poi si sentì scotere pel braccio, e voltosi un momento, vide Peppina sempre in piedi che gli chiedeva piano:

— Sapreste dirmi perchè la vostra padrona abbia invitato anche me e Costantina che non c'entravamo per nulla?

— Costantina veramente non saprei. Quanto a voi, le ho raccontato anche del vostro foco, e forse che vorrà darvi qualche vestitino per Santello.

— Poveretta. È molto buona la vostra padrona!

— Se è buona!

— Ma cos'ha il vostro camerata che si morde le labbra per non ridere tutte le volte che io nomino la padrona vostra?

— Non lo so. È un brutto vizio che hanno i servitori.

— Peccato che abbia de' vizi un servitore così bellino! Mi piace più di voi, che mai non vi credereste, perchè si ritrova senza punto baffi. Se fossi in vostra cugina, oh vorreste ben vedere se non ve li taglierei!

— Avete poi fatto pace? – domandò forte Costantina, che aveva udito, stando seduta.

— Sì. Anche troppo.

— Bravo.

Non c'erano più verze, e Peppina si ripose a sedere anche lei. La carrozza prese per S. Stefano, e infilata poco dopo la via dal Palazzo Reale, sbucò fuori improvvisamente in Piazza.

Al Dom d'Milan! Al Dom d'Milan! – gridarono gongolando le cinque donne, che s'erano trovate, senza punto aspettarselo, nel miglior punto per vedere la Cattedrale.

Galeazzo, che l'aveva fatto apposta, fermò i cavalli di colpo, e voltosi indietro a guardare le donne, vide cinque bocche una più aperta dell'altra.

— O Milanese mio! – sclamò Costantina a mani giunte e come elettrizzata. — Voi che siete così buono e così religioso, lasciateci andare dentro un momentino!

— Volentieri, cara. Anzi la contessa m'ha detto che se proprio voi quattro volete piantar qui la balia dopo un giorno solo di fermata, che vi tratteniate pure in Duomo a piacer vostro. Io intanto vado ad annunciarle il vostro arrivo, e vi lascio qui quest'altro coi cavalli. Non abbiate paura, guida meglio di me. Voi guardate bene ogni cosa, e dopo, quando uscite, infilate a piedi quel porticone coperto d'assi, e andate a fare un par di giri in Galleria. Poi su in carrozza a casa. Potrete dire alla contessa di aver visto tutto.

— Che Dio vi rimeriti vivo e morto! — gli gridò dietro Costantina, mentre saliva la gradinata colle altre donne. — Avevo tanta paura di dover partire senza aver visto il Duomo a modo mio!

E sparirono tutte per una delle porticine.

— Hai inteso? — domandò Galeazzo al servitore che aspettava gli ordini come un palo ritto. — Se ti domandano poi qualche cosa, o taglia corto, o ripeti quel che ho detto io. Mettile giù dalla contessa, e poi vieni a casa coi cavalli.

*

* *

Dopo la fuga di Galeazzo, Costantina aveva dovuto disperarsi più volte pel vivacissimo scambio di lettere corse (adagino) fra Milano e Coronaverde.

Prima Maria, rassicurata da Galeazzo, aveva risposto a Nunziata che per la balia si fidava di lei senza mandare a vederla; poi la vecchia aveva invitato il suo Illustrissimo alle nozze della propria figliuola, e poi Maria, colla scusa di accompagnare la balia, aveva invitato la sposa a Milano col marito, la madre, la futura cognata e la giovane bifolca; e finalmente Nunziata aveva promesso di venire bensì, ma di volo, perchè i suoi bachi stavano già per mutare la seconda volta.

75

Se non che Piangi la lasciò ben bene predicare un pezzo, ma nel momento di partire, non ci fu verso di farlo rimovere.

— Io ho da fare il viaggio di nozze? Ma non mi sono mica sposato per mettermi in viaggio, io! Vada Giovannona se ha speranza di buscar qualcosa. A me che sono un uomo non c'è pericolo che nessuno voglia dar nulla, nemmeno se mi sposassi una volta l'anno!

II.

Abbiamo già bastantemente veduto la gentile contessa da Breno in mezzo ai contadini per poter ci figurare le oneste accoglienze di cui andarono liete le cinque donné. Costoro le comparvero davanti infatuate del Duomo ed anche un pochino della Galleria: le dissero che era stato quello il più bel giorno della loro vita, e che nemmeno a campare mill'anni avrebbero mai scordato il quarto d'ora vissuto in alto, sopra la chiesa in mezzo a tante belle statue, che solamente a numerarle tutte avrebbero dovuto rimanere un mese. Poi Nunziata perdonò generosamente la contessa dell'averle, come disse, cavato di sotto il suo bracciante mezzo gratuito, ai suggerimenti del quale Peppina e Costantina dovevano forse la mezza burla del loro invito a Milano; e subito dopo la balia si mise a piangere perchè il seno le riprincipiava a dolere come a Cremona, e questo dolore (secondo una pietosa superstizione della campagna mantovana) voleva dire che la sua propria creatura s'era messa, in quel preciso momento, a piangere a casa. Maria mandò a prendere il bimbo già annunciato da Galeazzo, e intanto che la balia si riconciliava col proprio stato le disse che per quel giorno la voleva ospite sua colle altre quattro. Poi fu portato in tavola, e le cinque donne, servite e riverite come altrettante principesse del sangue, sedettero a mangiare con Maria e con Donna Stella, dopo di aver chiesto più volte a sè medesime come mai il Milanese non si fosse ancora lasciato vedere tra il servidorame che stava ora girando attorno alla tavola.

Il viaggio, il cambiamento d'aria, le impressioni artistiche e la buona cucina son tutte cose che mettono appetito a chi non ne ha; figurarsi poi alle compagne di Nunziata, che le aveva tenute a stecchetto per tutto il giorno, tanto per guadagnare qualche cosa anche sulle spese di viaggio, intascate anticipatamente. Tutte (tranne forse Costantina e Peppina che non si saziavano mai di guardare questa le belle tovaglie e quella i bellissimi piatti) avevano già pensato più volte a bocca piena che a fare le signore gli era un gran bel me–stiere, quando Maria, dopo molti discorsi inconcludenti, si volse alle frutta verso Giovannona, e domandò:

— Si sta bene maritate?

— Lo dovrebbe sapere, lei che ha provato prima di me.

— È ben appunto perchè lo so, che mi son tenuta a mente i consigli di vostra madre e che ora... riprovo.

— Davvero? E chi prende? Un giovinotto o un vedovo? – domandò la vecchia.

— Un giovinotto, a modo vostro; anzi quell'unico giovinotto milanese che voi dovreste conoscere, almeno di nome.

Nunziata afferrò subito una mano della contessa, la quale, volente o nolente, dovette pur lasciargliela baciare.

— Oh che piacere ad acquistare una buona padrona che mi vuol tanto bene! Oh i bei tempi per la Casanova e il bell'acquajo di marmo che essa mi farà fare per suo primo regalino di nozze! Vedrai, Peppina, quando tornerà Piero, quant'altra terra ci farà dar da lavorare dalla parte del sacrato, quella che è giusto in vendita; vedrai Giovannona cosa diventerà la tua casupola, tu che hai bisogno di molto spazio per poterti muovere. Ma dov'è, dov'è questo Illustrissimo benedetto? Con quel pettegolo di Milanese che non mi ha lasciato smontare da lui!

— Verrà più tardi a prendere il tè.

— Il tè di camomilla? Ora dovrebbe venire che c'è il vin bono, altro che tè! Beviamo noi intanto! Alla salute degli sposi! alla salute dei nostri Illustrissimi!

Dopo l'epitalamio in prosa, le solite poetiche domande che soglion fare le donne, specialmente le contadine, e che Nunziata (per sapere, come disse, la verità precisa) pensò bene di rivolgere a donna Stella, colla quale aveva già fatto grande amicizia. E quanto tempo era che i due nobili sposi facevano all'amore, e chi il più innamorato dei due, e se lei, donna Stella, si fosse interposta, e a quando precisamente le nozze.

A interrogatorio finito, Maria si prese dietro tutta la sua comitiva, e recatasi in una camera accanto la fece sedere tutta in giro, tenendo Nunziata vicino a sè.

— Debbo raccontarvi alcune cose, – le disse. – Dapprima, chi sa, potrebbe darsi che non vi piacessero, ma poi! Le ho accomodate così bene, io!

— Senta. Se le ha accomodate lei, mi fido. Dica, dica.

— Mi promettete proprio di non sgomentarvi mal?

— Ma se mi ha appena detto lei colla sua bocca di avere già accomodato ogni cosa! O dunque?

— Ebbene: mio cugino crede di potervi provare che le vostre querimonie sui danni dell'incendio erano, via, un pochino esagerate!...

— Spero bene che verrà a vedere! – sclamò la vecchia, alzandosi in piedi per gesticolare con più libertà.

— E che se vostro marito vi avesse dato retta, la Casanova sarebbe ora tutta quanta in cenere.

Qui Nunziata, che si trovava ancora nell'atteggiamento di chi si prepara a rispondere, mutò d'avviso da un momento all'altro, e si rimise a sedere come rassegnata, sclamando a bassa voce cogli occhi volti verso l'anticamera:

— E s'intende che t'ho fatto mangiare alla mia tavola!

— Eh? io però me ne sono accorta, oggi! – le bisbigliò nell'orecchio Giovannona, quasi contenta.

— Oggi! Bella forza! Me lo dovevi dire quando l'hai fatto fermare, tu che sei tanto furba che non c'è al mondo una donna più minchiona di te!

— Di che cosa s'è accorta oggi? – domandò la contessa alla vecchia.

— Di nulla, di nulla. Dica lei piuttosto come è riuscita ad aggiustarla bene.

— Gli ho parlato precisamente così: «La vita dei contadini è dura, Galeazzo mio caro, e bisogna tenerli un po' su moralmente, come faccio io con quelli della Brena. Quando invece il padrone si contiene a modo tuo, con chi vuoi che se la piglino se non con esso, che deve sembrare la principal causa delle loro tribolazioni? Vedrai invece quando ti sarai fatto fare un bel villino a cinquanta passi dalla Casanova e che ci andremo insieme di sovente, come muteranno mamma e figliuolo!»

— Altro se muterò! Altro se muteremo! – sclamò con enfasi ma altrettanto macchinalmente Nunziata, già molto impensierita all'idea di passare così da un eccesso all'altro, e di avere, d'allora in poi, i suoi padroni un po' troppo addosso.

— «Che credi? – seguitò Maria allo stesso modo di prima. – Che sieno molti, ai nostri tempi i contadini come il vecchio ed il soldato? Sono pochissimi, e ti devi augurare che non ti scappino!...»

— Benedetta mille volte codesta bocca!

— «O ti vorresti forse vendicare perchè hanno detto che ti ritrovi dieci mani per tirare e nemmeno un dito per ispendere! Ma la colpa ce l'ho avuta io, che t'ho mandato a quella manieral...»

— Dove!? – domandò Nunziata, balzando in piedi per la seconda volta.

— «E le parole, cugino mio, sono poi finalmente parole! Ma in quanto a fatti, se tu levi la lira il mese per la biancheria, e la polenta asciutta che t'han messo in mano dopo l'incendio, che ti resta? Poco».

La vecchia fu presa istantaneamente da un senso di punzecchiatura e di formicolio a tutte le radici dei capelli che le fece correre le mani al capo. Poi si lasciò andare a sedere di nuovo colle braccia penzoloni, guardando l'una dopo l'altra le sue compagne di viaggio, le quali tutte, meno la balia, avevano seguito il breve dialogo come se fossero state tre romane al circo. Peppina e Costantina parevano due brage, tant'erano rosse, e Giovannona s'era coperto il viso con ambedue le mani.

— E tu che oggi l'hai preso per una spia! – sclamò Nunziata crollando il capo verso la figliuola.

— Gran che! L'ho detto di dietro e non ha sentito, – rispose Giovannona. – Ho fatto di peggio, io. Gli ho dato dell'Arlecchino servitore di due padroni, e davanti!

— Ma che benedetta idea le è mai venuta di farmi fare questa... bella burla? – chiedeva intanto assai presto la vecchia, per non lasciar venir fuori altri guai.

— Perchè Galeazzo imparasse a conoscere bene i suoi contadini e ci pigliasse amore. Infatti non potete credere con quanta simpatia m'abbia parlato di vostro marito.

— Ma intanto ci sono andata di mezzo io.

— No, no davvero. Non avete visto che v'è venuto a prendere colla sua carrozza?

— Era sua!?

— E come ci ha visto volontieri! – sclamò Peppina.

— Se voi tutte volete ch'egli seguiti, – concluse Maria volgendosi particolarmente alla vecchia, – dovete riceverlo questa sera come se lo aveste conosciuto trent'anni fa, cioè senza occhi languidi e senza discorsi sentimentali. Ormai è inutile perchè vi conosce tutti a fondo dal primo all'ultimo, e gli dareste a' nervi inutilmente. Quando venne ad avvisarmi del vostro arrivo, mi disse queste precise parole: «Ho fatto poca strada colle tue invitate. Mi han lasciato bracciante e mi hanno ribattezzato per il tuo cocchiere. Ora pensaci tu. Risparmiami possibilmente QUALUNQUE SCENATA DI CATTIVO GUSTO, e conduci le cose in modo che io stasera, tornando, non abbia bisogno nè di promulgare amnistie, nè di sbottonarmi il vestito ad uso degli Incogniti nelle commedie antiche». In altri termini, mi ha forzato così a dirvi ogni cosa il meno ruvidamente che ho potuto, scansando il pericolo che voi, mamma e figliuola, possiate pensare di domandargli perdono, o di fargli qualche altro brutto servizio del medesimo genere.

— Se è per tutto questo che ho dovuto pagare due donne che attendessero ai miei bachi mentre veniva qui! – pensò Nunziata guardando a terra.

III.

A cose chiare, Maria affidò le sue contadine a donna Stella, e condusse la balia nella casa della marchesina Paola, che, troppo innanzi per potersi muovere, aveva chiesto almeno di vederla nella serata.

Mentre Peppina e Costantina riandavano tra loro, con la beatitudine dell'innocenza, tutte le minchionerie che avevano detto al Milanese nei cinque giorni ch'egli era stato all'erba, e mentre la vecchia seguitava a guardar a terra senza dir nulla, Giovannona aveva già picchiato più volte colla mano aperta sopra il bracciale della poltrona dove era seduta, pensando:

— Oh, averlo saputo!! Altro che scarto di stamperia! Altro che casetta da otto lire il mese! Avrei dato io la prima il ben servito a Niccolino, e poi... poi so io di chi avrei fatto finta di innamorarmi! Ed ora, senza avvilirmi a chieder nulla a nessuno, ora forse tornerei a casa con la più grossa dote di tutta Coronaverde!...

Ma intanto la vecchia s'era accostata a donna Stella per dirle con voce flebile, interrompendo le ragazze:

— Senta. Che un signorone come il mio Illustrissimo abbia potuto rassegnarsi a fare quella vita anche per poco tempo, e solamente per conoscere e per cogliere in fallo dei poveri contadini come noi, via, è una cosa che non mi può andare giù. La contessa, mandandolo, deve aver avuto qualche altra ragione. Me la dica, faccia il piacere.

Nunziata non s'immaginava di certo di aver toccato il lato debole dell'ottima dama di compagnia, la quale, s'è già detto, non si grogiolava mai tanto come quando poteva deciferar qualche cosa a qualcheduno.

— Sì che ne ha avuto, – rispose; – ma vi avviso che sono ragioni molto lunghe a capirsi da chi non ha studiato.

— Provi, provi, cara la mia signora donna Stella, lei che ha tanta pazienza. Provi.

78

Un'oca giovane chiamata a bere avrebbe corso meno. Donna Stella principiò beatamente la sua allocuzione con una opportuna e diligente rincorsa storica. Per far più presto si rifece dai Gracchi e dalla varia fortuna della legge agraria; poi balzò in pieno medio evo tra i servi della gleba e gli orrori della Jacquerie, e finalmente s'affacciò al mondo moderno, toccando degli Irlandesi, e rimproverando molto diffusamente agli Italiani l'antica propensione di spendere nelle città e sui laghi e sui colli i mal curati redditi delle loro campagne. E concluse:

— Ma anche a viverci continuamente, quando non se ne conoscano nè gli uomini nè le cose, non può fruttar molto, e però la contessa, acerrima nemica degli ozi nobileschi, credette buono esempio di pregare il signor Conte, ecc. ecc.

Chi t'avesse detto, povero e buon parroco di Dolo, che tu avevi al mondo un'anima gemella, mercè della quale avresti unicamente potuto compiere i tuoi destini, e i suoi! A lei la nozione, il concetto, la sostanza; a te la divina sollecitudine della forma, e che bell'anima in due brutti corpi non sarebbe stata la compenetrata anima vostra! Se non che ora è troppo tardi per poter effondere in uno due spiriti elettissimi le cui sembianze corporee si aggirano pur troppo a quasi cento miglia di distanza, e neanche l'immenso premio di accostarle insieme, almeno coll'immaginazione, ci può trattenere dal riferire invece le impressioni delle quattro ascoltatrici.

Furono ottime. I contadini sono troppo satolli della monotona e soverchia semplicità della loro vita, per non compiacersi del grottesco in ogni sua scientifica od artistica manifestazione. Se non vi persuade, considerate ch'essi s'affidano più volentieri dei medici e degli avvocati; adocchiate bene quand'è che più si divertono a teatro, o prestate orecchio alle cavalleresche epopee che soglion leggere a veglia. – Peppina e Costantina, che per di più si trovavano a cor leggiero, non avrebbero dato le disquisizioni di donna Stella per Dio sa che cosa, ed anche Nunziata e Giovannona, benchè si sentissero ribollire ancora, pure non ne perdettero una mezza parola.

*

*   *

— Buona sera, donna Stella, buona sera voi quattro. Giù, giù, non fate complimenti! – disse presto Galeazzo, con gli occhi fermi sulla sedia che aveva preso in mano appena entrato, pur di non vedere nè il viso compunto della vecchia, nè il supposto cipiglio della figliuola.

Ma Nunziata, da quella industriosissima donna che era, aveva già capito bene che il miglior sistema per lei era quello di prendere alla lettera gli ammonimenti di Maria, epperò, facendosi forza, e ben lunge dal dare in smanie di compunzione, spinse vivacemente il crocchio da lato per dar posto al conte, e gli chiese con un sorriso che per essere forzato non le riuscì men bene:

— E così, Illustrissimo, le è poi piaciuto il mestier del contadino?

— Poco, veramente, – rispose Galeazzo, ben lieto di quella disinvoltura.

— Credo. Vuol dire che tanto più indulgente sarà con noi. Parlo bene?

— Benissimo. Ma ora voglio rispondere parecchie cose a queste ragazze, che m'hanno già chiesto perchè sieno state invitate anche esse. Cominciamo da te, Peppina, – aggiunse, voltandosi, e parlandole addirittura come i signori lombardi sogliono parlare ai contadini giovani e celibi, d'entrambi i sessi. – Tu dirai a tua madre che la voglio rimunerare di tutto il danno da lei sofferto per l'incendio, e ti preparerai fra poco a metterti in regola con gli uomini e con Dio. Il 10° di linea sta per venire a Milano, e m'impegno io di levare di capo a Piero quella nuova ferma risolutiva di altri quattr'anni che gli si è fitta dentro, e che fra pochi mesi non si potrà nemmeno più fare.–

– Illustrissimo mio strabenedetto! – sclamò Peppina, saltando sulla scranna come una bimba pazza.

— Chetati, e non lustrarmi tanto. Ora a te, Costantina. Tu resterai a Milano al servizio della contessa. Quando mi sarò sposato, e mentre la Casanova muterà tanto aspetto che tutti la vorranno veder per maraviglia, tu verrai con noi in campagna da un'altra parte, dove si spera bene che tu possa imbattere in qualcuno che ti faccia scordare di... Coronaverde. Ti assicuro che te lo meriti, non foss'altro per il buon core che m'hai dimostrato, e per le molte e belle lettere che hai scritto.

79

— Ma io... – sclamò la povera ragazza, la quale non sapeva punto che viso fare.

— Ma che? Non m'hai detto tu stessa che per amore di tuo padre e tuo, non ti rimane a fare nulla di meglio che andar a servire? O preferiresti la prima padrona venuta alla contessa?

— No... ma Milano... è un po' troppo lontano.

— Da chi? Da tuo padre, o da Pompeo? Se da tuo padre, aspetta che ci siamo sposati lui ed io, e poi lo farò venire quassù nel milanese, nella stessa villa dove andremo anche noi. Per bifolco è troppo vecchio, e per guardiano va bene. Se poi ti spiace di allontanarti da Pompeo, allora, mi duole di dovertelo dire, allora... hai torto. Siamo stati insieme all'osteria dopo l'incendio, e lì, tra quello che ha detto in pubblico, e quello che ha detto a me in privato, sta' pur sicura che nè tu nè io siamo stati trattati bene.

La vecchia, appena era venuta in campo l'osteria, aveva principiato a tossire piano piano, come chi vuole udire ogni cosa, lasciando credere nello stesso tempo di non aver udito nulla.

— Si sarà forse lagnato dei miei rimproveri d'un certo giorno, ma del resto non può mica aver detto male di me, – osservò timidamente Costantina guardandosi in grembo, e dopo di aver già cambiato colore due o tre volte a dir poco.

— No, non ha detto male, quel che si dice male, anzi me ne ha detto bene, tutto compreso, ma in sostanza, e se proprio lo devo dire, m'ha insinuato di pigliargli il posto.

— Presso di me? – domandò Costantina col fare di chi non sapesse ancora se fosse il caso di ridere o di piangere.

— Già. Presso di te. Un'altra volta pigliami in parola subito. Ora a voi, vecchia ed umanissima padrona mia!

— Sì, bella padrona!

— Direte subito al signor Concomodo che io non mi sono mai inteso di pagarlo perchè egli mi sfruttasse le terre, lesinando ogni spesa e mettendo male fra Stentone e me; che non l'ho mai e poi mai rimproverato pel nuovo impianto della siepe viva, e che molto meno gli ho scritto di espormi alla vendetta pubblica, stipendiando il mio prossimo a dodici soldi il giorno, compreso il vitto.

— E che prossimo! – osservò Peppina ridendo.

— Questo gli direte, – concluse Galeazzo, – aggiungendogli che mi mandi subito i conti, senza più oltre impacciarsi nelle cose mie.

— E subito piano, quasi fra sè:

— Ora posso dire di aver provato anche questa! Ma avanti che Maria mi ripigli a fare il Deus ex machina, voglio dar moglie ai miei figliuoli... almeno! Beati i poveri mille volte! Almeno essi non hanno altro obbligo che di pensare a sè.

— C'invidia? – chiese sorridendo Peppina, che aveva udito le ultime parole.

— Qualche volta, perchè no?

— Scusi, sa, ma mi pare che sbagli. Veda i morti, se non crede a me. Quelli son tutti poveri, intanto.

— I morti?

— Sì. Quando ne parte uno, fors'anche il re, si dice subito il povero re. Se noi altri, qualche volta, si stesse veramente più bene, gli darebbero anche del signore!

— Ma è un avvocato nato costei! – disse il conte guardando le altre.

Peppina, un po' lieta dell'applauso, ma più paurosa di una gentile canzonatura, sciupò miseramente il suo trionfo oratorio col più inutile ed intempestivo multiloquio:

— Come? Non è forse la pazienza quella che ci salva il buon umore quando siamo sani? Ci scappi e subentri l'invidia, siamo anime dannate finchè campiamo!

E via di seguito.

Volete far parlar male una persona che parli bene naturalmente? È molto facile, basta lodarnela

Vario, come quello che, essendo l'ultimo, più ravvicina i diversi aspetti di queste scene descrittive, quando caratteristiche, quando giocose o meste, ma non basse e non false mai... si spera!

Mentre Nunziata sperimentava sopra sè stessa, ed a maggiori spese del detestato signor Concomodo, quanto il reprimere una qualunque soddisfazione sia più difficile e penoso che non il celare uno sconforto anche più grande, s'udì di fuori la bella vocina di Maria, che principiava a dire dall'anticamera:

— Abbiamo fatto furore, ed eccoci qua di nuovo, la balia ed io. Oh bravi! Vedo con piacere che il ghiaccio è rotto e a noi due ora, sposina bella! Voi avete invitato a nozze il mio fidanzato ed io ho invitato a Milano voi; siamo dunque vostri debitori entrambi, e però ci siamo uniti prima del tempo per regalarvi insieme questa collana di granati. Permettete che ve la metta in collo io?

— Ma guarda la signora contessa che s'è voluta disturbare! – rispose Giovannona, adottando, per non sbagliarsi, una formula ringraziatoria che deve rimontare ai tempi dei Reali di Francia. – Questi sì che son ben granati! Altro che quelli che mi ha dato mio marito!

— Povero Piangi! – sclamò Galeazzo. – È poi contento di voi?

— Credo bene!! – disse forte la sposa, colla più profonda e sincera persuasione del proprio valore.

— E voi di lui!?

— Fa quel che voglio io, veramente, ma mi tocca di andarmene all'alba, per tornare a casa la sera all'avemaria. Un po' più di fegato che avesse avuto, e mio padre si sarebbe contentato di due o tre mesi. Lui invece, per non sbagliare, s'è impegnato per sette!

Pareva un'altra, per il momento. Ora almeno poteva palparsi in collo la sua bella collana, e pensare, palpandola, che valeva certo una buona trentina di bavare!

Intanto erano comparse tre tazze da tè e cinque bicchierini da rosolio. Quando venne la volta della balia, Maria, che la stava servendo, si voltò verso il conte e disse:

Indovina un po', Galeazzo, di che nome è afflitta questa povera donna? Te lo do in mille!

— Chi sa mai!

— Si chiama Borgondofora! Se fosse brutta, povera lei! Ma è poi lecito portare intorno un nome eguale? Per lo meno ve lo storpieranno?

— No. Lo predico da tanto tempo che ormai me lo dicono bene, – rispose la balia.

— Sarà stato un capriccio di Don Angelo, non è vero? – le domandò Galeazzo.

— Sissignore. Quando aveva più morbino che non abbia ora, poveretto.

— Che ha? Sta male?

— Lo domandi un po' alla sposa!

— Ma la sposa non volle dir nulla.

— Gliene hanno fatta una di grossa, – riprese l'altra decidendosi, – e sono già due o tre settimane che parla tale e quale di noi tutti, e non mai in difficile, come parlava prima.

— In difficile? – domandò Maria.

— Già. In moscovito! – rispose la balia, credendo così di spiegarsi meglio.

— Ma io non capisco nulla!

— Vuoi dire in punta di forchetta! – sclamò Galeazzo. – Avanti, avanti. Perchè ha tanto mutato Don Angelo?

Perchè Niccolino e la signora Ebe, impensieriti del passo tentato da Giovannona con l'ajuto di quel suo tal bracciante, e persuasissimi che lo zio, scoprendo il loro amore a cose quiete, si sarebbe opposto fino al punto di mandare la nipote Dio sa dove, pensarono bene di arrischiare una gran carta, e di fargli credere...

— Non era vero!!?

— No.

— E voi pretendevate che io capissi!! – proruppe Galeazzo con piglio tragico, squassando le braccia verso la misera tradita.

— Ma!! – sospirò comicamente costei, nella speranza di far credere che omai se la rideva di tutte quelle cose.

Invece il fatto è che pensò sempre, fino ad ora di mettersi a letto, che se si fosse lasciata imbrogliare bene bene, cioè del tutto, i suoi affari avrebbero preso ben'altra piega, e alla peggio, anche indipendentemente dalle sue goffaggini coll'Illustrissimo, sarebbe almeno rimasta libera. Ma no! A forza di mettere il piede avanti per non cascare indietro, aveva ajutato Niccolino a fargliela, ed ora doveva smaltirsi fino alla consumazione il mite Piangi.

Tutto perchè madre Natura, quando l'ha con uno, gli dice appena nato:

— Va' e gira. Tu vorrai essere sempre più fino di tutti gli altri.

*

*　　*

Allorchè Peppina diventava mezza matta alla vista delle camere preparate per sè e per le compagne, e gridava forte a quest'ultime: «Ma guardate almeno, bassa pleba, in che modo vi trattano questa notte!» la loro bella ospite rimaneva sola con Galeazzo, e questi le diceva:

— Ora sarai contenta, spero, ma non ti lusingare troppo, fammi il favore. Io terrò tutto quello che ho promesso, per amor tuo e di Stentone, ma Coronaverde più che di sfuggita non mi vede più, e del villino potrai fare un ospizio di poveri a piacer tuo.

— Perchè?

— Perchè se per contentarti dovrò proprio andare di quando in quando, cioè di raro e il più sbrigativamente possibile, a vivere in campagna, voglio arrivarci almeno ad occhi chiusi, colla ferma speranza di poter credere più o meno nella buona volontà dei contadini, senza aver che fare con persone che disgraziatamente conosca troppo. Là ce ne sono parecchie, e poi non mi piacciono i luoghi, che diamine! Non si vedono che alberi e seminati, lo dovresti sapere, e se tu levi quel po' di Po, largo e lungo fin che vuoi, ma non per questo men pericoloso quando è grosso, e meno brutto a vedersi quando è magro, che ti rimane? Dimmelo tu stessa.

— A me nulla. Ma a te rimarrà bene il piacere di poter paragonare, con perfetta cognizione dei termini di confronto, il tuo vecchio mezzajuolo d'un mese fa coll'uomo nuovo del prossimo autunno, nè troveresti mai, da quel che mi hai detto tu stesso, un contadino più meritevole di passare immantinente da uno stato all'altro.

— Sta' tranquilla. Si rincorerà da sè solo, anche se io sto via.

— Ma sarai tu che vorrai vedere l'opera tua. Ed io son pronta a scommettere che la soddisfazione di aver purificato il vecchio ambiente d'una colonia ingiustamente abbandonata, ti farà stare così bene e così volentieri laggiù, come non staresti di certo in nessun altro luogo, più bello assai. Almeno alla Casanova sei sicuro di due o tre persone, e invece altrove la vecchia esperienza ti può far dubitare di tutti.

— Tanto meglio allora. Così non andrò a vivere nè qua nè là. Omai l'ho già capita. La campagna è fatta o pegli astuti che non si scoprono mai, o pei poveri di spirito che non han bisogno di celare nulla, non per me che sono troppo pigro per tenermi sempre chiuso, e troppo mutevole e capriccioso per aprirmi sempre.

— Ebbene, scommettiamo.

— Oh quanto poi a scommettere, no certo.

— Perchè?

— Perchè io tengo sempre contro desiderio, per non avere, perdendo, il danno, il malanno e l'uscio addosso. E per me gli usci di Coronaverde sono tre almeno: la vecchia, Pompeo e quel pochin di sposa. Più ci pensano Stentone e Piangi e meglio è... mi pare.

82

*

*   *

Costantina, dopo di avere udito sentenziare il nuovo suo fato, non aveva più aperto bocca se non per dare la buona notte ai padroni, e le era capitato di andare a dormire insieme con Peppina, la quale invece si sentiva più grilli in capo di quanti non ne avesse mai avuto da molto tempo.

— Oh che bel Milano, oh che bel Milano! Ma guarda Costantina che lenzuola! Ma senti se non ti pare di essere distesa sull'erba fiorita! Oh come odorano bene! Vieni a letto anche tu una buona volta! Pregherai domattina in Duomo, che diamine, quando andremo tutte alla messa con Donna Stella che ce lo promise. Non senti che batte il tocco? Dio vuole che si dorma a quest'ora, non che si preghi, e tre orette di sonno qua dentro debbono valere per sei nei nostri lettacci. Vieni.

Costantina le obbedì senza rispondere, e appena appena si lasciò fuggire qualche monosillabo quando, entrata sotto le coperte anche lei, dovette pure ammettere che non aveva mai nè visto nè sognato un letto eguale.

Ma, pochi momenti dopo, quando appunto l'altra principiava a dormicchiare, Costantina le prese una mano per tenerla sveglia, e le disse all'orecchio piano piano, come se avesse avvito paura che le pareti udissero:

— Peppina. Tu sei più vecchia di me, ma noi siamo state sempre buone amiche, non è vero?

— Bonissime. Ora ti viene in mente? Dormiamo, che è meglio.

— E se io ti domando un vero piacere da amica, me lo fai, o no?

— Volontieri. Purchè tu aspetti a domandarmelo domattina.

— No, ho troppo da dire, e non voglio che nessun altri m'oda. O mi lasci parlar subito, o non parlo più.

— Fa' presto per l'amor di Dio. Siamo in piedi da stamane a mezzanotte, che mai non te ne scordassi.

Costantina tacque per un momento come per radunare davanti alla mente tutte le cose pensate nelle ultime ore, e poi disse:

— Senti. Io mi sono rassegnata alla volontà del padrone perchè altrimenti, se fosse andato in collera con me, avrebbe potuto pentirsi di far del bene a mio padre, ma non credere che sarei mai venuta a Milano se avessi saputo prima di non dover più tornare a Coronaverde.

— Se gli hai detto tu stesso che volevi andar a servire!

— Quante cose si dicono! Fin che ero là mi pareva facile, anzi preferibile, di non aver più quel traditore davanti agli occhi, ma ora che sono qua... è un'altra cosa: se non mi sentissi fermare da altri pensieri, tornerei indietro a qualunque costo. Odimi dunque.

— Si principia ora? Speravo che tu stessi per finire.

— Pensa bene prima di rispondere, – ripigliò Costantina cambiando tono, – e poi dimmi tu stessa se ti pare possibile che Pompeo, dopo la brutta lezione toccata a sua madre ed a lui, non metta subito un po' di giudizio, e che poi, sapendomi così in buona vista, anzi così protetta dal suo padrone, non si penta amaramente di avermi disgustato a quella maniera. Ti pare possibile?

— Mi par difficile almeno. Basta che pensi al suo interesse.

— E però appunto ti prego di osservarlo pazientemente il più che potrai, e quando i suoi discorsi e la sua maniera di vivere ti paressero tali da lasciar supporre una qualche modificazione del suo sentimento rispetto a me, di dirgli a mio nome che seguiti, che tenga fermo, che il mio core per lui, nè si è voltato per la fortuna, nè si volterà mai per la distanza, e che se egli si conterrà veramente bene un anno o due, m'impegno. di diventare sua moglie senza perdere nulla affatto nella grazia del padrone. È molto buono, da quel che si è veduto e si vede, e per poco bene che mi conduca anch'io qui nella casa della contessa e poi son sicura che non m'abbandona più, chiunque sposi. Non credi?

Peppina tacque.

— Credi o no?

83

— Ho proprio da dire anch'io il mio sentimento, senza bisogno di fare preamboli, e senza venirti a raccontare che fra te per cognata e la prima donna venuta, preferisco te?

— No, non c'è bisogno. Fra noi due non è mai corsa la più piccola parola mal detta, e con me devi essere sicura di andar bene. Parla pure liberamente. Vuoi forse dirmi che ho molto torto, perchè Pompeo mi ha fatto una gran brutta figuraccia col padrone?

— Precisamente. Una figuraccia che potrei sopportare io da Piero, perchè c'è di mezzo il mio bimbo che m'ha legata per tutta la vita, ma tu, libera ed innocente, tu da Pompeo no!

— Un po' di colpa ce l'ho avuta anch'io. L'ho trattato come un cane in chiesa, un maledetto giorno che s'è attaccato lite, e poi gli ho fatto capire ogni momento che non lo volevo più guardare quanto era lungo. È stato un troppo! Oh se avessi saputo che dodici ore di lontananza mi dovevano ridurre in questo stato!

— Lontana o vicina, un po' d'amor proprio hai diritto di averlo, tu. Aspetta almeno a vedere se per caso ti scrivesse lui.

— Cosa vuoi che aspetti! E se poi non ci si arrischia per paura che io non gli risponda? Vuoi che mi umilii fino a scrivere io la prima? Tu sei là e tu puoi parlare con garbo, è una cosa ben diversa. Puoi anche vedere se in principio non ti convenga di lasciargli credere che l'idea sia tua.

Peppina balzò a sedere sul letto, e disse picchiando le mani:

— Ma tu le hai proprio già pensate tutte, in due o tre ore! Andiamo, via. Ho bell'e capito. Tu sei più contenta di rovinarti con Pompeo, piuttosto che andar a star bene con chiunque altro. Confessalo almeno.

— Quasi quasi! – sospirò appena intelligibilmente Costantina, con un filo di voce che principiava a tremare.

— Allora, dimmene tante!

E tornò sotto, dando subito di volta nel letto, per attaccar sonno più presto.

Ma Costantina aveva già rotto in lagrime, nè più si curava di non far rumore, come parlando. L'altra, che non era punto cattiva, le fu subito intorno con molta amorevolezza, ripetendole più volte che avrebbe esaurito con ogni cura la delicata missione affidatale; e che poi le avrebbe scritto in lungo ed in largo tutta quanta la storia. Non bastò. Peppina la prese da un altro verso, e seguitò a dirle che qualche vizietto in gioventù non voleva dir nulla, e che importa più di tutto di sposare un uomo al quale si sappia di voler già bene... come se Costantina fosse stata una bimba capricciosa, che si potesse quietare col sentirsi dire che non aveva torto. Invece, quando i singulti cessavano un momento di romperle il petto, non ne profittava per altro che per dire a sbalzi:

— Se non si rivela chiaramente a parole – informati destramente se muta sistema di vita – se s'alza più presto – se va ancora a letto così tardi – guarda se sta più composto in chiesa – o se ti pare che beva un po' meno.

Voleva insomma che Peppina si risolvesse a dirgli tutto in ogni modo, e andò avanti così o a piangere od a rammaricarsi finchè i primi barlumi dell'alba ruppero il bujo delle persiane, e cominciarono a disegnare le graziose curve delle belle tende.

Allora, allora soltanto, una soave calma s'insinuò dolcemente dentro di lei, e Peppina che teneva il fiato per paura che tornasse daccapo, le vide socchiudere gli occhi ogni qual tratto, all'usanza dei febbricitanti quando si placano, poi la udì respirare più lentamente e poi... poi coll'ajuto di Dio si mise a dormire anche lei.

— Su, belle ragazze! – gridò subito Donna Stella picchiando alla loro porta. – Se non facciamo a tempo della prima messa, scappa la corsa. Le vostre compagne si stanno vestendo. Su.

Peppina e Costantina saltarono fuori delle coperte stropicciandosi gli occhi, e quella subito lì a sedere, come intontita:

— Viva la faccia di Coronaverde! Almeno là si dorme! – pensò tra sè.

*

* *

Ora accadde che anche la vecchia, anche Giovannona, anche la balia, uscirono tutte tre dalla loro stanza colle occhiaje livide, come le due ragazze. L'ultima non aveva dormito nulla, perchè non s'era mai potuta levare di capo l'idea della creatura lasciata a casa; Giovannona perchè aveva pensato continuamente al gran gusto, anzi alle precise parole delle sue più odiose amiche intime, quando avessero saputo i casi suoi; e la vecchia... oh la vecchia ne aveva ruminate tante e poi tante, quante appena se ne possono ruminare in una nottata.

— Pace vuol essere per dormire; altro che bei letti e che lenzuola morbide!

Così pensava Peppina, quando salì a cassetta per pigliar aria, e per svegliarsi bene celiando con un vero cocchiere. Ma ora che disgraziatamente c'è anche Donna Stella dentro la carrozza, non ci regge davvero l'animo di fare una seconda scorreria rusticale lungo Milano, per andare a finire alla stazione una seconda volta. Diremo soltanto che la balia e Costantina uscirono di chiesa come ravvivate entrambe; che quest'ultima, congedandosi da Peppina, se la strinse al collo come se fossero state sorelle di sangue, e che fra le molte notturne ruminazioni della vecchia ne venne fuori subito una, la quale non riguardava già il passato come certe altre, ma bensì il più prossimo futuro:

— Procuri, – disse a Donna Stella, quando costei si preparava a comperare i tre biglietti, – che il signor padrone si risolva a scrivere lui, lui in persona, tanto a mio marito quanto al signor Concomodo, perchè, se Peppina e Giovannona baderanno a me, noi non diremo niente, ma proprio niente a nessuno. O è sicuro che non ci credono, e che ci mandano a San Lazzaro come tre matte.

— Non abbiate paura. Sanno già tutto.

— Sì!! I nostri di casa!! Se non glielo ha detto lo Spirito Santo!

— No, fu un uomo, e un uomo di questo mondo. Il signor conte ve lo ha taciuto jersera per non mandarvi a letto con troppe sorprese, ed io ho avuto incarico di dirvelo stamane, perchè facciate il viaggio senza darvi pensiero d'altri discorsi. Mentre jeri voi venivate qui, è andato là il principale agente del vostro padrone, quello che voi chiamate il tarlo grosso, che ròsica da Milano...

— Ma che memoria, Gesummaria! Non glien'è scappata neanche una!

— A quest'ora egli avrà già combinato ogni cosa per la cessione del bifolco, per le fabbriche, e perchè vostro marito, da oggi in avanti, non abbia più da struggersi con altri Concomodi intermediari. Che bella cosa! Un padrone e un contadino uniti insieme come la mano e il guanto! Ma così bisogna fare, se si vuol tener testa al Gran Nemico, o altrimenti finiremo come gli antropofagi i quali dicono: «Tutti gli uomini vengono al mondo per mandar dentro qualche cosa mangiando; noi siamo uomini e non abbiamo nulla da mandar dentro, dunque mangiamoci!»

Guarda se è roba questa da tirar fuori alla stazione, parlando con una contadina che sta per partire colle pive nel sacco! Sbrighiamoci noi, per lei, aggiungendo soltanto che la vecchia, nel passare poco prima davanti ad una farmacia, aveva voluto provvedere del buono spirito canforato per il suo consorte, il quale pativa le doglie reumatiche nell'inverno, cioè la bellezza di otto mesi dopo, e che Peppina s'annojò così mortalmente delle sue ammusonate compagne che, per potere scambiare qualche parola, credette bene di piantarle in seconda classe, ricoverando in terza con delle altre contadine.

Che sciocca! Rinunziare così alla vista della vecchia, preoccupatissima di portar sano a casa il suo fiaschetto di spirito canforato! Un'altra avrebbe osservato invece che lo spettacolo era molto istruttivo, e che quella prima gentilezza coniugale, per essere in ritardo di un buon quarto di secolo, non viaggiava meno nel più significante di tutti i recipienti.

Chi si è agguerrito per molto tempo contro tutte le miserie della vita, non può certo accogliere una primissima gioja come i fiori accolgono quel primo raggio di sole che li desta e li avviva. Infatti Stentone e Marchino avevano udito le grandi novelle del giorno innanzi in uno stato d'animo dove la muta e circospetta stupefazione l'aveva di molto vinta sulla schietta letizia, nè accennavano punto di esserne esciti del tutto quando le donne, scendendo dal loro calessino, li videro entrambi occupati a scaricare in corte due grandi mucchi di bellissime pietre. Stentone si scostò appena un momento per fare un cenno della mano alla moglie ed alla figlia che lo salutavano a gran voce, mentre la vecchia Genoveffa accorreva dal vicinato col piccolo Santello attaccato alle sottane.

— Uno spesso di questi fuochi e casa nostra non perisce più! – sclamò verso di Peppina che stava facendo una stiacciata del povero bimbo.

Ma Peppina s'era già messa a predicare al suo figliuolo e non udiva più nulla:

— Ah sì, eh? Ah, mi chiami tata, eh? Vedrai fra qualche mese quante sculacciate ti darò se non mi dirai mamma come gli altri bimbi. Brutto vergognoso! Colpa tua mi toccherà di sposarmi prima dell'Ave Maria perchè nessun mi veda! Ma aspetta che ti capiti una sorellina e poi vedrai se le lascerò fare altri miracoli come ho fatto io! Bel miracolo tu, infatti.

— Che si dice qui della nostra eccessiva buona fede? Ci hanno avuto gusto? – domandò Giovannona a Genoveffa nell'entrare in cucina.

— Per lo meno s'è riso tutti, e molto. Chi vi vuol male, nella speranza che vostra madre e voi vi siate messe in un bell'imbroglio, e chi vi vuol bene, nella ferma opinione di vedervene escire con profitto vostro. Volete essere le donne più svegliate del paese per nulla?

— Non intendo, veramente! – disse Giovannona come per tastar terreno. – In quale imbroglio ci siamo messe?

— Oh bella! Che figura avete fatto durante l'incendio? E forse che il vostro Conte non ha dovuto scappare dopo cinque giorni per le angherie di vostra madre, e per le liti con Pompeo e con voi? Tutti capiscono che se voi due vi foste contenute diversamente, v'andrebbe meglio, per quanto bene vi possa già andare.

Addio tutte le speranze di Giovannona di poter raccontare ogni cosa a modo suo! Il tarlo grosso era stato inesorabile, e ben lo sapeva il povero tarlo piccolo, il quale, secondo Genoveffa, aveva già avuto due fastidi, vale a dire due piccoli svenimenti, e si curava con dei pediluvi da ventiquattr'ore.

Intanto apparvero sull'uscio Pompeo e Marchino. Quegli incrociò orizzontalmente le dita delle mani, coi palmi rivolti in giù, e chiese alla madre crollando il capo di qua e di là:

— Ma ne hanno altre da inventare questi boja di signori?

— Smetti, disutilaccio, che poteva andar peggio. E fatti risovvenire piuttosto quel che gli hai detto in pubblico, all'osteria.

— Chi se ne ricorda ora? Ma lo so quando voglio. C'era tanta gente!

— Se tu pensassi un po' prima di discorrere! Chi parlava!

— Sono un uomo franco io, e come non ho mai fatto il soffione a nessuno, così non avrei mai creduto che un Illustrissimo lo facesse a me!

— Povero bimbo!

— È stata contenta la mia figliuola di rimanere a Milano? – domandò appena potè parlare il vecchio bifolco, mentre Nunziata s'era messa ad armeggiare intorno al cassone della farina senza mai riuscire ad aprirlo.

— Contenta? Beata dovete dire. Vi pajono fortune quelle che capitino tutti i giorni? Sapervi bene appoggiato colla vostra vecchietta a fare il guardiano di una bella villa, e trovare nello stesso tempo un conte e una contessa che l'hanno presa quasi per figliuola. Volete che sia malcontenta?

Povera Costantina! Tu t'eri messa in troppe buone mani, e queste esagerazioni venivano dalla tua vittima della nottata, la quale, nell'atto di andarsene a casa sua, aveva risposto lei al bifolco, guardando

Pompeo colla coda dell'occhio. Costui fu per chiederle subito qualche altra cosa, ma poi mutò d'avviso forse per non mostrare soverchia fretta, e se ne andò via zufolando, come chi vuole costringersi a tacere. Si poteva giurare che fra due o tre giorni Peppina avrebbe considerato non solo opportuno, ma necessarissimo di dirgli il resto.

— C'è una novità qui. Il cassone è chiuso! – sclamò forte Nunziata verso Marchino. – Chiamatemi un po' mio marito.

— Costui fece più presto di Giulio Cesare. Venne con due chiavine che parevano due cavastivali, aprì, cavò fuori, e fece per andarsene, tutto in un lampo.

— La farina chiusa, ora che son qua io? – domandò la vecchia esterrefatta.

— Già! già! Chiusa. Ora la nostra roba e quella del padrone fanno un corpo solo, e quando occorre grano o farina, ci voglio essere anch'io.

Era la prima fase della trasformazione presentita dalla contessa. Stentone, il quale fino allora non aveva resistito all'influenza della moglie che nel solo campo di certe sue poche idee, principiava ora a far testa anche nel campo dei fatti.

Nunziata fu tanto padrona di sè medesima da celare, con le seguenti garbate parole, il più vivace ribollimento di bile che avesse patito in quei due cari e memorabili giorni.

— Ben pensato! Son rimasta donna sola in corte, e nessuna precauzione sarà mai di troppo.

Stentone tornò via senza rispondere, e subito la moglie, apostrofando il fiaschetto, come se parlasse alla più recente personificazione dell'ingrato consorte, disse:

— Ah, levi la cresta ora, carino, perchè tu sei su ed io son giù? Bravo, bravo! Per ora mi bevo due o tre anni di caffè colla mancia che ho buscato per la balia, e poi, dato che tu mi numeri anche i polli, vedremo quante camicie nuove t'arriveranno addosso... caro!

Donne, donne, eterni Dei!

— Salute! – gridò qui trafelato il mite Piangi che arrivava di corsa per stringere al seno la sposa.

Costei lo lasciò fare come se fosse stata una bella quercia, quando la misurano a lunghezza di braccia.

— Non faccio per dire, ma ti pigli molta furia di venire a casa. Se non vedevo il vetturale vuoto, t'avrei creduto a Milano ancora. Sarai contenta, eh? T'avrà detto il padrone che eravamo ottimi amici?

— Ha chiesto di te, e basta.

— Ma tu per lo meno lo avrai bene pregato di mettersi di mezzo con tuo padre perchè ti tiberi della tua promessa, m'immagino?

— No, veramente.

— E nemmeno del forno rotto e della tromba che non tira più gli hai detto nulla?

— Nulla. Puoi scrivere tu stesso. Non hai detto or ora che sei suo amico? – sclamò Giovannona con una certa dolcezza lardellata d'ironia.

— Altro è scrivere, altro è parlare. Vorrei un po' sapere cosa sei andata a fare a Milano, allora!

— Vieni verso casa nostra, e te lo dico subito. E bada bene di tacere, e di fare sempre sempre bocca da ridere, o puoi star sicuro che non ti voglio a tavola per un bel pezzo. Dammi braccio.

Era certo la prima volta, e assai probabilmente sarà stata anche l'ultima, che andavano a braccetto in compagnia, tanto la cosa ha dell'insolito, per non dire del solenne fra due contadini di già sposati, e se anche l'avventura di Galeazzo non fosse stata nota e le cinque donne non si fossero mai mosse dalle loro case, avrebbe bastato da sè sola a fare che tutti li adocchiassero continuamente.

Giovannona traversò così tutta Coronaverde raccontando forte forte al marito, col tono più volubile e festoso che seppe imprimere nella sua voce baritonale, del bonissimo umore del padrone, dell'eccellente desinare così gajo, e dell'allegra carrozzata con un conte a cassetta. Quando poi capitò davanti alla porta di una sua particolare e più vecchia antipatia, levò di tasca la collana e disse più forte che mai porgendola al marito:

— Senti che peso! Se ti offrissero in cambio quella vacca là, gliela daresti tu? Io no, veh, nemmeno col lattone accanto!

E Piangi a ridere! Pover'uomo! Aveva pianto tanto in vita sua, ed ora gli capitava di dover anche ridere per obbedienza, quando appunto era più angosciato da quella sua infelice e semestrale obbligazione, così mal rimunerata da una misera mezza lira al giorno. Le collane grosse? Non rendono nulla. Le vacche magre degli altri? Fanno torto agli altri. Ma la tromba rotta! Ma il forno crollato! Ma la moglie che si poteva riscattare con una mezza parola e che non ci aveva pensato. Proprio coserelle da ridere!

Finalmente, dopo cena, posò come rassegnato i gomiti sulla tavola, e guardando la sposa col mento puntato sulle due mani, osservò teneramente:

— Avevi tanta lingua un'ora fa per far arrabbiare le pettegole del paese, ed ora che ti parlo con tanta melodia, appena mi rispondi. Cosa vuol dire? Ti sei divertita o ti sei seccata a Milano?

Giovannona tirò su le spalle nell'alzarsi, e ricorrendo bruscamente ad un proverbio dei luoghi, rispose:

O che o lè

Son sempar me!

O qua o là, son sempre io!

Davvero che è difficile mettere più roba dentro di otto sillabe. Così le imparassero a memoria coloro che spendono tante parole e tanta carta per determinare modernamente, imbrogliandola bene, l'antica e limpidissima separazione fra ciò che è in noi, e ciò che è fuori di noi. È tanto semplice dire:

O che o lè

Son sempar me l

*
*   *

Ritenete, per debito d'ufficio, vale a dire di onniscienza, si fermò nella seguente festa davanti la porta di Niccolino a chiederne notizia. Rispose la madre che esso era ancora di là dal Po a sbarcare la luna di miele presso un altro zio della signora Ebe. In sostanza voleva dire che aspettava alla larga finchè svampasse la giusta collera dell'ottimo prete, avvisato della burla il domani delle nozze.

Indi la vecchia:

— Dite un po', Ritenete! È poi vero che il bracciante travestito il quale venne qui a parlare con me per la figlia di Stentone era nientemeno che l'Illustrissimo della Casanova?

— È vero sì.

— Ma come è andata?

Qui il messo raccontò i casi di Galeazzo con tutte le solite fioriture popolari. Disse che la vecchia gli aveva fatto inghiottire di molta fame, che s'era picchiato con Pompeo, che Giovannona gli aveva tirato dietro un pajuolo di lisciva, e che nell'andarsene era stato messo in prigione per incendiario. Poi tirò a concludere, sciamando adagio adagio come chi dicesse una cosa tanto peregrina che non ci potesse arrivare nessuno fuori di lui:

Ritenete che io... con tutta la mia esperienza delle cose di questo mondo... non ho MAI sentito raccontare un fatto eguale!

Punto.

Mezz'ora dopo don Angelo, che era salito a predicare in chiesa, pigliava per argomento «Le simpatie men che lodevoli», ed esordiva bellamente:

— Voi intenderete senza dubbio, amici miei, che la simpatia è cosa per sè divina, come quella che era destinata a muovere tutte le anime con vicendevole intenzione d'affetto. Se non che noi uomini, per effetto della nostra parzialità, dirò meglio, della nostra partigianeria, ci siamo dilungati da quell'altissimo segno, e più spesso ci avviene di vedere le umane simpatie vôlte miseramente in blandizie che non, come dovrebbero, in viva fiamma di universo amore. Debito nostro è dunque (e di Ebe sarebbe stato più che mai) di vigilare assai attentamente non solo gli appetiti, ma anche le simpatie delle anime nostre, avvegnachè...

88

E avanti così per tre quarti d'ora, trascorsi i quali la vecchietta di poco prima escì presto presto di chiesa non ostante i suoi acciacchi, e si diede a trotterellare sopra il suo bastone. Era molto contenta.

Cercò di un suo fidato barcajuolo e gli disse piano:

— Corri subito da Niccolino, e avvisalo che don Angelo ha già ripreso a parlare in difficile. Nient'altro. Va.

Perchè il suo figliolo, nell'atto di andarsene dopo le nozze, le aveva detto all'orecchio:

— Informatevi bene di don Angelo, da domani in poi. Sulle prime è certo che parlerà chiaro e poco, ma appena riprenda fiato, e si stenti a capire ciò che dica, fatemelo sapere, e noi subito ritorneremo. Furbo l'amico!

*
* *

Addio, lettori! scusate se, per rimanere nel vero, abbiamo creduto bene di non imbandirvi che un unico delinquente, in persona dell'incendiario, e se non ve lo abbiamo nemmeno mostrato tutto. Cercando pazientemente dovunque, non è mai molto difficile di trovare e dei galeotti non ancora presi e delle male femmine non ancora bollate, ma a che pro' mostrarli tanto quando non rappresentino che delle eccezioni? È in galera dove rappresentano la regola, ma non deve essere cosa molto divertente nemmeno là.

89